Chère Lectrice,

*Vous qui rêvez d'un monde merveilleux, vous qui
souhaiteriez parfois vivre l'histoire d'une héroïne de
roman, vous avez choisi un livre de la Série
Romance.*
*Vous verrez, en lisant cette aventure passionnante,
que la chance peut sourire à tout le monde – et à
vous aussi.*
*Duo connaît bien l'amour. Avec la Série Romance,
c'est l'enchantement qui vous attend.*

**Un monde de rêve, un monde d'amour,
Romance, la série tendre,
six nouveautés par mois.**

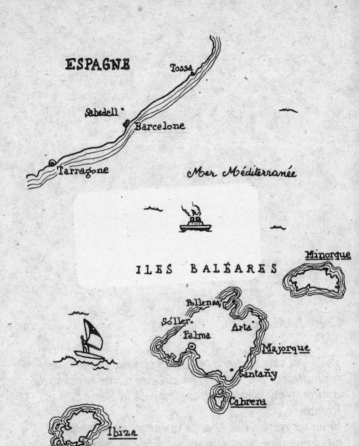

ESPAGNE

Tossa

Sabadell

Barcelone

Tarragone

Mer Méditerranée

ILES BALÉARES

Minorque

Pollensa

Sóller

Palma

Arta

Majorque

Santañy

Cabrera

Ibiza

Formentera

Mer Méditerranée

Série Romance

ANN COCKCROFT

Des mots pour t'aimer

Les livres que votre cœur attend

Titre original : *Beloved Pirate* (294)
© 1984, Ann Cockcroft
Originally published by Silhouette Books
a Simon & Schuster division of Gulf
& Western Corporation, New York

Traduction française de : Christiane Mousset
© 1984, Éditions J'ai Lu
27, rue Cassette, 75006 Paris

Chapitre premier

Laura Downes était à Majorque depuis trois jours maintenant, et pourtant elle ne parvenait pas à y croire. Elle avait l'impression d'être en transit, sur le point de quitter cette chambre qu'elle devait occuper pendant huit mois...

Tout lui semblait trop étrange, trop artificiel à Deyà. Comme si le village était conçu uniquement pour des artistes en représentation. Malgré la présence des vingt-cinq étudiants de l'American College dans l'auberge, elle ne se départait pas de sa sensation de déracinement.

Elle soupira et jeta un coup d'œil autour d'elle. La pièce, d'une simplicité monacale, était meublée d'un lit, d'une lourde armoire en ébène et d'un bureau massif. La blancheur des murs crépis à la chaux contrastait avec les tomettes de terre cuite et surtout, songea-t-elle en souriant, avec la musique rock et les éclats de rire qui fusaient des chambres voisines.

Pourquoi donc avait-elle accepté d'assister le Pr Johnson ? Outre les tâches administratives, son travail consistait à jouer le rôle de « mère supérieure » auprès des étudiantes, une douzaine en tout. Et aucune d'entre elles, en dépit de l'austérité du décor, n'avait l'intention de mener une vie de nonne...

Avait-elle eu raison de s'inscrire à ce stage ?

Aujourd'hui, elle en doutait. Sa famille lui manquait déjà et elle éprouvait un sentiment de culpabilité à l'égard de Bill. Le quitter ainsi, pendant presque un an, quand il allait connaître l'année la plus difficile de sa carrière !

Bill avait décroché un poste d'interne dans un grand hôpital. Il lui avait proposé de le suivre comme secrétaire médicale. Ainsi, ils ne seraient pas séparés...

Laura avait refusé. Bill avait été stupéfait par sa décision. Avait-il seulement compris ses motivations profondes ?

Un an et demi auparavant, à sa sortie de l'université, Laura avait gagné un prix littéraire pour l'une de ses pièces de théâtre. Il ne s'agissait pas pour elle d'un simple passe-temps et, malgré ses fiançailles officieuses avec Bill, elle ne parvenait pas à renoncer à ses ambitions d'écrivain. La perspective d'entrer dans la vie active, de dire adieu à ses rêves, lui répugnait. Voilà pourquoi elle avait accepté ce stage de littérature à Majorque, ainsi que l'offre de son organisateur, le Pr Johnson. En travaillant à mi-temps pour ce dernier, elle couvrait partiellement ses frais de séjour...

Et maintenant, il était trop tard. Trop tard pour changer d'avis, revenir en arrière, retrouver Bill...

Laura secoua ses longs cheveux et s'accouda à sa fenêtre. La vue dont elle jouissait était magnifique. Le village, accroché au flanc d'une colline escarpée, étageait ses maisons minuscules et blanches, ses patios fleuris, jusqu'à l'église, perchée tout en haut et bien droite dans le ciel intensément bleu.

Depuis son arrivée, Laura n'avait pas trouvé le temps d'explorer les petites rues pavées, la montagne abrupte et sévère, ni même les plages baignées par la Méditerranée. Ses pensées revenaient sans cesse vers Bill et elle avait mauvaise conscience. Aussi s'était-elle abrutie de travail. Elle avait dressé l'inventaire de la bibliothèque, frappé l'emploi du temps des cours, tenu le secrétariat du Pr Johnson...

Un groupe d'étudiants apparut à l'angle de l'auberge. Les jeunes gens parlaient fort et riaient gaiement. Parmi eux, Laura reconnut son amie, Susan Brown. Pourquoi ne se trouvait-elle pas en sa compagnie ? Pourquoi continuait-elle à s'enfermer ainsi ? Elle ne reverrait pas Bill avant les vacances de Noël et sa claustration n'y changerait rien...

— Impossible de faire un pas dans ce village sans entendre le crépitement d'une machine à écrire ! Cela me donne des complexes !

Susan venait de faire irruption dans la chambre. Elle se laissa tomber sur le lit et Laura considéra sa camarade en souriant. Les deux jeunes filles ne se quittaient plus depuis leur entrée à l'université, quatre années auparavant. Susan était petite, blonde et malicieuse.

— Où es-tu allée, ce matin ?

— J'ai interviewé Eric Tabor, le peintre. Le seul artiste de Deyà à ne pas s'acharner sur un clavier de machine ! Te l'ai-je dit ? Je suis censée écrire une série d'articles pour le *Long Island Press*. J'ai intérêt à ne pas perdre de temps...

— As-tu signé un contrat avec ce journal ?

— Eh bien... pas vraiment. Mais le rédacteur en chef a promis de me publier si j'obtenais un entretien avec Philip Tanner. Au fait, est-il enfin arrivé ?

— Pas que je sache...

— Oh non !

La contrariété élargit les grands yeux bleus de Susan :

— Ne me dis pas que le seul écrivain digne d'intérêt de ce stage s'est décommandé !

— Non, mais il a ajourné son arrivée.

Laura se souvenait encore de la voix sèche et impérieuse dans le combiné du téléphone. Le romancier lui annonçait qu'un nouvel imprévu retardait son départ. C'était la veille, dans le bureau du professeur, pendant qu'elle tenait son secrétariat. Depuis, elle n'avait plus reçu de nouvelles.

— S'il renonce à animer ce stage, je ne le lui pardonnerai jamais ! reprit Susan. Je déteste gaspiller mon argent. J'ai choisi ce séminaire à cause de sa présence. Tanner est génial et...

Elle plissa malicieusement les paupières avant d'ajouter :

— ... et c'est un célibataire terriblement séduisant !

Laura éclata de rire :

— Tu découvres enfin ton jeu ! Et tu renforces mon opinion sur lui : son physique n'est pas étranger à son succès !

— La beauté n'a jamais nui à personne. Tu devrais le savoir d'ailleurs...

Laura esquissa une petite moue et jeta un coup d'œil dans son miroir.

— Peut-être... Dis-moi, reprit-elle pour changer de sujet, les étudiants sont-ils satisfaits de leurs chambres ?

— Bien sûr que non ! Rends-toi compte ! Pas de moquette de laine, pas de télévision couleur, pas de téléphone privé, pas de sauna dans les salles de bains et, pour couronner le tout, comme s'en plaignait une jeune fille, tout le monde parle espagnol !

Les deux amies éclatèrent de rire.

— Je suis ravie de cette austérité, finit par déclarer Laura. Je me sens plus libre.

— Alors profitons-en ! Si tu avais le temps de rêvasser à ta fenêtre, tu trouveras celui de m'accompagner au café. J'ai rendez-vous avec Elena Marvin, la poétesse, et un play-boy digne d'illustrer une publicité de dentifrice...

Laura accepta. Pour la première fois, elle éprouvait l'envie de sortir, de profiter de la douceur du temps, du chaud soleil de septembre qui incendiait les bougainvillées à l'assaut des voûtes des patios.

Elles sortirent. Laura marchait d'un pas vif. La découverte des ruelles délicieusement ombragées et fraîches l'enchanta. Elle admira la vue sur les oliveraies disposées en terrasse, les étalages odorants et colorés des petites épiceries. Susan dut presque courir pour se maintenir à sa hauteur. Enfin, parvenues au café, Susan désigna une silhouette de l'index.

Un grand étudiant blond se leva et s'avança à leur rencontre. Laura le connaissait. Il s'appelait John Martin et, sous le prétexte de vérifier ses heures de cours, il lui avait souvent rendu visite dans son bureau. Chaque fois, il s'attardait et bavardait longuement.

Les trois jeunes gens s'installèrent à une petite table sous un olivier et commandèrent des *cuba-*

libre. Elena Marvin les rejoignit bientôt et Susan accapara aussitôt son attention. Aux questions posées par son amie, Laura devina aussitôt le style de l'interview. Elle ne se mêla pas à la conversation.

— Je suis tenté par la poésie, déclara soudain John.

Il cligna de l'œil en direction de Susan, tout sourire et prévenance à l'égard d'Elena :

— C'est un excellent procédé pour accaparer l'attention des jeunes filles...

— Hum... Seriez-vous jaloux ?

— Pas du tout. Surtout si j'y gagne l'exclusivité de votre compagnie.

— Oh !

Gênée par le sous-entendu contenu dans le compliment, Laura se renversa dans sa chaise et croisa ses longues cuisses moulées dans un jean.

— Eh bien ! Parlez-moi de vos ambitions et de votre vie ici...

— Ma vie ? Elle commence à avoir de l'intérêt depuis quelques minutes seulement.

— Grâce à ce rhum-coca ?

Il rit :

— En partie... A vos côtés, cette boisson est un délice... Dites-moi... Vous êtes restée enchaînée à votre bureau depuis le premier jour. Vous n'avez certainement pas eu le temps de visiter le village. De l'église, on jouit d'une vue à couper le souffle. Puis-je vous servir de guide ?

Dieu merci ! L'arrivée du Pr Johnson la dispensa de répondre. Dès qu'il aperçut sa secrétaire, il se précipita vers elle :

— Enfin je vous trouve, Laura ! Je vous cherche partout depuis tout à l'heure.

Laura fronça les sourcils. Le professeur, d'habitude impassible et détendu, semblait aux cent coups. C'était un homme jovial, d'une cinquantaine d'années, au visage carré et sympathique.

— Que se passe-t-il ?

— Je viens de recevoir un télégramme. Philip Tanner s'est enfin décidé ! Son avion atterrit dans une heure à Palma. Malheureusement, j'ai un rendez-vous. Pouvez-vous prendre un taxi et aller l'accueillir ?

— Bien sûr...

Laura quitta la table avec regret. Elle aurait aimé prolonger ces quelques minutes de farniente, dans l'ombre bleue de l'olivier.

— J'ai craint qu'il ne change d'avis, reprit le professeur. J'ai eu un mal fou à le convaincre d'animer ce stage. Il a trois jours de retard, mais nous ne pouvons nous permettre de le lui faire remarquer. Aussi, soyez souriante et diplomate...

— Entendu. Où puis-je trouver un taxi ?

— Derrière votre hôtel. Dépêchez-vous ou vous serez en retard... Merci Laura.

Elle grimaça un petit sourire et se hâta vers la *pensión*. Juste le temps de troquer son jean contre une ample jupe jaune assortie d'un body blanc et de sandalettes à talons hauts, et elle était en route pour Palma...

Dans le taxi qui fonçait vers l'aéroport, Laura prit brusquement conscience de son antipathie pour Philip Tanner. Elle ne l'avait jamais rencontré et n'avait lu qu'un seul de ses livres, *Femmes et femelles*. L'ouvrage, une satire cinglante contre les femmes, lui avait valu sa notoriété. Il comparait le sexe faible à d'intri-

11

gantes araignées, uniquement occupées à tisser leurs toiles pour y capturer et y dévorer de pauvres mâles en détresse. A en croire les thèses de Tanner, les femmes détruisaient l'élan créatif des hommes et les réduisaient au rôle de gagne-pain.

Bien qu'elle ait lu quelque part qu'il était revenu sur certaines des idées exposées dans cet ouvrage, Laura se méfiait de lui. Elle détestait sa réputation bien établie d'homme à femmes, de séducteur sans scrupules.

Le reconnaîtrait-elle à l'aéroport ? Incertaine, elle sortit de son sac son dernier roman. La photographie de Tanner s'étalait sur la jaquette du livre. Son visage reflétait un mélange d'arrogance et de sensualité. A sa vue, Laura sourit : était-ce bien cet homme qui devait lui enseigner le métier d'écrivain ? Elle avait peine à le croire. Condescendrait-il à adresser la parole à d'obscurs étudiants ?

Laura arriva en retard à l'aéroport. Dans un espagnol hasardeux, elle demanda au chauffeur du taxi de bien vouloir l'attendre, puis elle se précipita dans le hall animé, persuadée d'avoir à subir les sarcasmes d'un écrivain hors de lui.

Ses craintes s'aggravèrent lorsqu'une hôtesse lui apprit que l'avion avait atterri une demi-heure auparavant. Le cœur battant, Laura commença à scruter les visages autour d'elle, à la recherche de celui dont elle détenait la photographie. Elle erra encore un bon quart d'heure avant d'apercevoir, au comptoir d'une agence de location de voitures, une haute silhouette masculine.

L'homme était de profil et dominait la foule. Ses larges épaules, l'élégance et la fausse décontraction de sa tenue, attirèrent Laura. Il émanait de l'inconnu une impression d'assurance et de force qui la frappèrent.

Elle s'approcha doucement, incertaine de la conduite à tenir. A quelques pas de lui, elle écouta sa conversation avec l'employée de l'agence, une ravissante rousse aux yeux verts qui paraissait sous le charme. La voix, grave et mélodieuse, se prêtait parfaitement à la chaleur de l'espagnol qu'il parlait sans la moindre difficulté...

— Monsieur Tanner ?

Il tourna la tête, sans hâte, à l'appel de son nom :

— Oui ?

Ses yeux sombres étudièrent tranquillement Laura. Elle rougit, brusquement tout à fait consciente de ses épaules nues, de ses seins libres et épanouis sous le body, de ses longues jambes bronzées que la transparence de la jupe laissait deviner...

— Que puis-je faire pour vous ? demanda-t-il.

Puis, comme si sa réponse n'avait aucune importance, il lui tourna le dos et reprit ses pourparlers avec l'hôtesse. Laura se mordit la lèvre, en proie à des sentiments contradictoires. Son regard l'avait étrangement troublée et, en même temps, elle se sentait vexée de son brusque désintérêt. Elle respira profondément, s'appliquant à garder son calme, et attentit patiemment qu'il se souvienne de sa présence. Ce qu'il fit, cinq bonnes minutes plus tard.

— Je m'appelle Laura Downes. Je suis l'assistante du Pr Johnson.

Elle lui tendit la main, inconsciente de la sécheresse de ses paroles et de son geste.

— Un taxi nous attend pour nous reconduire à Deyà, reprit-elle dès qu'il l'eût saluée.

— Inutile. Décommandez-le, je viens de louer une voiture.

— Mais...

— Cela vous étonne ? Vous n'imaginez tout de même pas que j'étais en train de commander un thé et des gâteaux secs ?

Elle pâlit sous la brutalité du sarcasme :

— Non, bien sûr. Mais vous pouvez rendre l'automobile et prendre le taxi.

— Non. J'aurai besoin d'un moyen de locomotion. Montrez-moi ce taxi, je me charge de le décommander et de le dédommager.

Sans attendre sa réponse, il l'entraîna vers la sortie. Dehors, il ne lâcha pas son bras.

— Est-ce celui-ci ?

Elle acquiesça. Tanner parlementa dans un espagnol parfait avec le chauffeur de taxi. Il lui remboursa le montant de la course et le gratifia d'un généreux pourboire.

— Ma voiture est à deux pas...

Joignant le geste à la parole, il se dirigea vers une Fiat. Il jeta sa valise sur le siège arrière et ouvrit la portière du passager :

— Nous y allons ?

— Je n'ai pas le choix ! Le Pr Johnson m'a déléguée afin que je vous serve de guide. Les rôles semblent inversés...

— Johnson n'avait pas à m'envoyer quelqu'un. J'ai l'habitude de me débrouiller tout seul...

— Je m'en suis aperçue, monsieur Tanner.

— Philip... Et merci d'être venue. Vous êtes plus jolie à contempler que le tableau de bord de cette voiture...

Il lui sourit et, pour la deuxième fois, Laura rougit. Pour masquer son trouble, elle s'empressa de se glisser sur son siège. Philip Tanner fit claquer la portière, prit place derrière le volant et démarra en souplesse.

Pendant qu'il conduisait, Laura lui jeta un coup d'œil à la dérobée. L'expression hautaine et arrogante de son visage la frappa. Elle confirmait sa réputation de play-boy cynique. Laura devrait cependant le supporter. Le Pr Johnson avait été parfaitement explicite sur ce point. Il n'était pas question de contrarier la star du stage...

— Me pardonnerez-vous d'avoir modifié vos plans ?

Il lui jetait un regard perçant. Avait-il deviné le cours de ses pensées ?

— Ou deviendrons-nous des ennemis jurés ?

— Mais... pas du tout... Je ne vous en veux pas. Ne vous excusez pas.

— Parfait...

Il concentra son attention sur le trafic routier et Laura en profita pour l'observer. Ses cheveux de jais, un peu trop longs, encadraient un front haut et des yeux de braise. La blancheur de sa chemise, largement ouverte sur sa poitrine rehaussait son bronzage. Il avait des dents parfaites, un regard et un sourire de pirate.

Il tourna brusquement la tête. Leurs yeux se croisèrent et Laura frémit.

— Je remercierai Johnson pour sa délicatesse. Vous êtes l'émissaire le plus charmant que j'aie jamais rencontré. Je savais qu'il était secondé par une secrétaire, mais je ne m'attendais pas à une personne aussi jeune et jolie...

Le compliment, la galanterie du ton ne l'étonnèrent pas. Quoi de plus normal, de la part d'un homme de sa réputation. Elle avait seulement espéré se tromper...

La tête bien droite, raide sur son siège, elle répondit, sans un sourire :

— J'espère que vous avez fait bon voyage...

— J'ai dormi.

— Pendant tout le vol ?

— Presque. Le reste du temps, j'ai mangé... J'ai dû abréger un rendez-vous pour pouvoir attraper mon avion et j'en suis ravi... Et vous ? C'est votre premier séjour à l'étranger ?

Elle fronça les sourcils :

— Comment le savez-vous ?

— Mon intuition d'écrivain...

Il cligna de l'œil, l'air brusquement jeune et détendu. Je suis trop sensible à son charme, se reprocha Laura. Déconcertée, elle s'enferma dans un profond mutisme.

— Ne faites pas cette grimace ou vous serez ridée avant l'âge. La beauté est un atout inestimable et fragile, surtout chez une femme ! Votre peau ne doit porter que les marques du rire...

Elle le considéra avec méfiance.

— Vous semblez mal à l'aise. Est-ce ma faute ?

— Non.

16

— Menteuse !

Il rit. Ses yeux s'allumèrent d'une myriade de paillettes dorées.

— Mes façons un peu... directes vous ennuient-elles ?

— Vous êtes impudent et présomptueux, monsieur Tanner. Mais vous devez déjà le savoir.

— Je vous en prie, appelez-moi Philip !

Elle ne répondit pas. Le dos ostensiblement tourné, elle baissa la vitre de sa portière. Le vent s'engouffra dans ses longs cheveux châtains, apaisant la brûlure de ses pommettes. Une longue minute s'écoula. Laura finit par dire :

— Et je ne suis pas du tout mal à l'aise. Il en faut davantage pour me troubler.

Tanner eut la délicatesse de ne pas relever, une fois de plus, son mensonge. Il préféra changer de sujet :

— Depuis quand travaillez-vous pour Johnson ?

— Le professeur tient à son titre...

— Merci. Je me le rappellerai en temps utile.

— Il vous en saura gré... En fait, je commence à peine à l'assister. Il s'agit d'un mi-temps. Ainsi pourrai-je suivre certains cours du stage.

— Les miens, par exemple ?

— Oui.

— Avez-vous déjà écrit quelque chose ?

— En effet.

— Je serai heureux de lire l'une de vos œuvres. Me le permettrez-vous ?

— Volontiers. Je n'aurais pas espéré...

— Allons, Laura ! pourquoi tant de réserve ? Pourquoi êtes-vous sur la défensive avec moi ?

Elle croisa les jambes. Les doigts crispés sur l'ourlet de sa jupe, elle poussa un long soupir :

— Je suis simplement méfiante. Votre réputation vous a précédé et... et je suis fiancée.

Elle regretta aussitôt son aveu. Pourquoi lui confesser sa vie privée et ses sentiments intimes ?

— Fiancée ?

Il jeta un rapide coup d'œil en direction de sa main gauche avant de reprendre, d'un ton badin :

— L'heureux élu vous a-t-il accompagnée à Deyà ?

— Non. Il est resté à Long Island. Il est interne.

— Oh ! Je vois ! De longues fiançailles en perspective !

Le sous-entendu de Tanner la piqua au vif.

— En effet ! Un individu de votre espèce doit s'en étonner, bien sûr. D'après les rumeurs, vous semblez préférer les engagements rapides et courts.

— Tiens, tiens...

Un sourcil arqué, l'air amusé, il rétrograda pour traverser le petit village de Valdemosa.

— Puis-je connaître le fond de ces rumeurs ?

— Volontiers. Je vous prêterai un livre qui les expose le mieux du monde. *Femmes et femelles*, d'un certain Philip Tanner. Selon lui, les femmes ne seraient consommables qu'à très petites doses et à condition d'en changer souvent. Cet auteur serait-il l'un de vos parents ?

— Oh ça !

— Oui... « ça »...

S'attendait-il à ce qu'elle cite les articles des

journaux à sensation ? Elle se félicita d'avoir su éviter le piège.

— J'ai plus d'une fois regretté d'avoir écrit ce livre, croyez-moi. Et vous n'êtes ni la première ni la dernière à me le reprocher. Pour rétablir la vérité, je ne considère pas toutes les femmes comme des sorcières ou des passe-temps...

Il s'interrompit, le temps d'un clin d'œil malicieux.

— ... la plupart seulement !

Pour la première fois depuis leur rencontre, Laura se détendit. Elle ne put s'empêcher de rire.

— J'ai écrit cet essai en trois semaines, à l'époque où le MLF avait les honneurs des médias. Mon éditeur s'est jeté sur mon livre, l'œil brillant à l'idée des dollars qu'il allait amasser à cette occasion. J'ai gagné beaucoup d'argent que j'ai payé très cher par la suite...

Laura éclata de rire.

— Heureux de voir que mon pauvre sort vous émeut profondément !

— Cela vous rend plus sympathique, plus humain.

— C'est ce que je suis réellement... Je ne comprends pas pourquoi toutes les femmes me considèrent comme un loup prêt à les dévorer. Vous n'échappez pas à la règle, n'est-ce pas, Laura ?

— Par moments... c'est vrai.

— En ce moment ?

— Non. En ce moment, je vous vois comme l'invité du Pr Johnson et comme mon futur professeur. Les autres aspects de votre personnage ne m'intéressent pas.

19

— Puis-je vous inviter à dîner ce soir ?

La soudaineté de son invitation, le brusque changement de voix l'étonnèrent. Elle tressaillit et l'observa avec méfiance. Agissait-il toujours de façon aussi déconcertante avec les femmes ?

— Impossible.

— Pourquoi ?

Il ne semblait pas disposé à essuyer un refus. Quelle raison invoquer ? Elle ne pouvait lui avouer son trouble, même si son intuition lui soufflait qu'il en était conscient et ravi... Elle tenta d'éluder avec diplomatie :

— Vous êtes très gentil et je vous remercie de cette invitation, mais je suis attendue à mon hôtel.

Elle n'osa pas lui faire face et baissa la tête. Elle sentait son regard peser sur elle. De toute évidence, il ne la croyait pas. Elle rougit.

— Peur de moi ?

Elle redressa vivement la tête :

— Eh bien ! oui, avoua-t-elle fermement.

Ce fut à son tour d'être surpris.

— Ça passera, vous verrez. Et la meilleure manière de combattre la peur, c'est de l'affronter.

Elle préféra ne pas répondre. Bientôt, les premières maisons du village apparurent et Laura poussa un soupir de soulagement. La tension entre eux était devenue presque palpable. Quand la Fiat s'engagea dans les rues étroites et ombragées, Laura lui indiqua le chemin jusqu'à son hôtel.

Il gara doucement la voiture devant la porte de la *pension*. Pressée de sortir, Laura ouvrit sa portière, mais Philip la retint d'une main ferme.

— Merci d'être venue me chercher, Laura.

— Cela fait partie de mon travail...

— Dommage... J'aurais aimé vous entendre dire : « Philip, j'ai décidé seule d'aller vous accueillir à Palma, et j'en suis très heureuse... »

Il lui sourit doucement et relâcha son étreinte.

Bouleversée, Laura battit prudemment en retraite. Elle s'éloigna vers son hôtel dans un état proche de l'ivresse, consciente seulement du regard de braise attaché à chacun de ses pas...

Chapitre deux

Laura se demanda souvent, pendant les jours qui suivirent, pourquoi un écrivain renommé comme Tanner avait accepté cette chaire obscure au fin fond de l'Espagne. Les rumeurs le disaient mondain. Depuis le succès retentissant de *Femmes et femelles*, il animait les endroits à la mode et les rubriques à scandale en compagnie de mannequins ou d'actrices en vogue... Pourquoi diable était-il venu à Deyà ?

Depuis son arrivée, les étudiants ne parlaient que de lui. Pas plus que les autres Laura ne pouvait nier l'attirance qu'il exerçait sur elle. Mais elle était déterminée à se tenir à l'écart. Dès la fin des cours, elle s'éloignait, attentive à le fuir. Elle prit aussi un soin extrême à éviter la terrasse du café où Tanner avait établi son quartier général. Elle refusait même d'accompagner Susan à la plage quand elle savait y rencontrer le romancier.

De toute façon, son emploi du temps parfaitement minuté ne lui laissait pas beaucoup de loisirs. Cours et travaux pratiques le matin et, l'après-midi, secrétariat dans le petit bureau attenant à celui du Pr Johnson...

Pendant les cours de Tanner, elle se réfugiait sagement au fond de la classe, désireuse de garder ses distances. Pourtant, elle ne pouvait s'empêcher d'admirer son aisance et sa facilité d'élocution. Dès qu'il parlait, il captait toutes les attentions.

— L'écriture est un travail difficile, un trajet laborieux. Elle exige une autodiscipline de chaque instant. Si vous refusez cet aspect du métier, inutile de persévérer dans cette voie. Et soyons bien d'accord : je n'attends rien de vous et vous n'avez rien à attendre de moi. Si vous possédez le don d'écrire, vous le trouverez en vous et en vous seuls ! A vous de le découvrir.

Il s'assit nonchalamment sur l'angle de son bureau avant de reprendre :

— D'ici une semaine ou deux, vous me soumettrez une œuvre. A vous de choisir le genre. Poésie, théâtre, essai... Mais attention ! Je veux y lire vos sentiments, y trouver votre sensibilité et non ce que vous croyez devoir penser ou ce que vous supposez que j'aimerais lire...

Il subjuguait son auditoire. Laura eut une moue amusée en apercevant le visage béat d'admiration d'une étudiante nommée Sheila.

— Des questions, mademoiselle Downes ?

Un sourire narquois étirait ses lèvres. Laura sursauta, piquée au vif. Il avait surpris son regard à Sheila... A court de repartie, elle secoua doucement la tête. Il n'insista pas.

— Très bien...

De nouveau, son attention se porta sur les étudiants :

— En conclusion, ne trichez jamais en écrivant. Commencez par décrire des expériences vécues, des sentiments que vous avez éprouvés.

Laura fronça les sourcils. Elle ne se sentait pas

mûre pour suivre le conseil. Quel serait le sujet de son essai ? Un tableau bien brossé de Deyà ?

— Mademoiselle Downes, j'aimerais vous parler après la classe...

De nouveau, elle tressaillit. Il n'attendait pas de réponse. Il lui avait donné un ordre...

L'heure sonnée, Laura attendit patiemment que le groupe d'étudiants agglutinés, comme d'habitude, autour du bureau du maître, s'éparpille. Elle serrait ses livres contre sa poitrine, sur la défensive. Son cœur battait très vite, trop vite.

Sans hâte, Tanner rangea ses notes, ferma son dossier et jeta négligemment sa veste sur son épaule. Enfin, il se tourna et lui fit face. Leurs regards se croisèrent. Elle rougit de colère. Jamais Bill n'avait osé la regarder de cette façon...

— Vous me rendez nerveuse.

Elle avait lancé son aveu pour se délivrer de la tension qui s'instaurait entre eux. Il s'avança, la tête légèrement penchée sur le côté :

— Pourquoi ?

— Je ne sais pas.

— Pourriez-vous écrire quelques lignes sur ce sujet ?

— Sur quel sujet ?

— Vos sentiments...

— J'en doute...

— Sont-ils seulement réels ?

— Mes sentiments ?

— Oui. Existent-ils ou se réduisent-ils à des fantasmes de collégienne ?

— Vous avez trop d'imagination, monsieur Tanner. Je ne suis plus une collégienne, je n'ai aucun fantasme, donc rien à écrire sur ce point.

24

— Et aucun problème ?

— Aucun.

Elle rejeta une mèche de cheveux en arrière avant de reprendre, d'une voix plus calme :

— Vous avez demandé à me voir ?

— Et je vous vois...

Il la déshabilla du regard, un sourire ironique aux lèvres.

— Toujours aussi présomptueux, monsieur Tanner ?

— Pourquoi pas ? A chacun ses fantasmes...

— Pour moi, vous seriez plutôt un cauchemar...

La dernière syllabe à peine prononcée, Laura se mordit les lèvres. Elle leva maladroitement la main pour s'excuser.

— Je suis... désolée. Je ne cherchais pas à être aussi blessante.

Philip s'avança vers elle. Toute ironie l'avait quitté. Les yeux graves, il la contempla longuement et posa la main sur son bras nu. Un étrange picotement courut sur la peau de la jeune femme et elle détourna le visage. La complexité de ses sentiments la bouleversait.

— Ecrivez avec votre cœur, Laura...

Il la relâcha et, sans un regard en arrière, quitta l'amphithéâtre. Seule dans la grande salle vide, Laura frissonna. Elle dut faire un effort pour recouvrer ses esprits. D'accord, Tanner exerçait sur elle un attrait indiscutable, mais il se moquait d'elle. Il essayait son charme sur elle comme sur la majorité des autres étudiantes du stage. Comment pourrait-elle respecter, admirer, un homme pareil ?

Brusquement, elle en voulut à Bill de ne pas

l'avoir retenue, de n'avoir rien tenté pour l'empêcher de se rendre à Majorque. Désormais, elle s'appliquerait à ne voir en Philip Tanner qu'un professeur, surtout pas un homme...

Cinq jours plus tard, le Pr Johnson entrait en coup de vent dans son bureau.

— Laura, partez à la recherche de Tanner. La télévision de Palma sera ici dans deux heures. Ils aimeraient l'interviewer. Quelle publicité pour le collège !

— Savez-vous où il se trouve ?

— Des étudiants l'ont aperçu sur la plage. Demandez-lui d'être à l'hôtel à quatre heures...

Laura acquiesça et, puisqu'elle était obligée de se rendre sur la plage, elle en profiterait pour se baigner. Après le départ du professeur, elle courut jusqu'à sa chambre passer un maillot de bain et prendre une serviette.

Le chemin qui descendait vers la mer serpentait au milieu d'une pinède crissante de cigales. Le ciel d'un bleu profond vibrait de chaleur. La pente était raide et Laura marchait d'un bon pas. Au détour du sentier, elle aperçut la crique, à une centaine de mètres en contrebas. L'eau, d'une transparence merveilleuse, s'irisait de tous les tons de bleu et de vert...

Quand Laura apparut sur la grève, Susan et John l'aperçurent immédiatement. Elle leur adressa un petit signe de la main et chercha Philip du regard. Quand elle le découvrit enfin, sa gorge se contracta. Il était assis sur un rocher à l'écart, en compagnie d'Elena Marvin. Son corps d'athlète, doré de soleil, étoilé de sel, se découpait sur l'horizon marin. Elena le contemplait en souriant. Elle portait un maillot de bain une pièce au décolleté audacieux.

— J'ai un message de la part du Pr Johnson.

Laura s'était arrêtée à quelques mètres du rocher. Raide, les doigts crispés sur son panier, elle considéra froidement Tanner.

Il lui sourit distraitement :

— A quel propos ?

— Une équipe de la télévision de Palma sera à Deyà à quatre heures pour vous interviewer. Le professeur vous attend à l'hôtel.

Le sourire de Tanner s'évanouit brusquement.

— Je ne peux pas...

— Vous ne pouvez pas ?

Laura écarquillait les yeux.

— Non, je ne le peux pas, répéta-t-il froidement.

Il détourna la tête.

— Le Pr Johnson espère en tirer une excellente publicité pour le collège, insista-t-elle.

— Bien. Qu'il se fasse interviewer à ma place !

— Que dois-je lui dire ?

— Que je ne peux pas.

Il serra les lèvres. Laura découvrit un autre aspect de l'écrivain. Un homme dur et résolu. Pourquoi cette proposition la mettait-elle dans cet état ?

— Pourquoi pas, Philip ? intervint Elena. Ce serait si amusant ! Vous voir à la télévision entre une corrida et un match de football !

— Désolé, Laura, mais je n'accorderai aucune interview à Majorque.

Sur ces mots, il se leva et piqua une tête dans la mer. Visiblement étonnée, Elena le regarda s'éloigner sans bouger. Enfin, elle ôta ses lunettes de soleil avant de se jeter à l'eau à son tour.

Laura poussa un long soupir et, à pas lents, se dirigea vers la buvette pour téléphoner la réponse de Tanner au professeur. De toute évidence, Johnson ne s'attendait pas à un refus. Dans un mouvement d'humeur, il accusa même Laura de ne pas s'être montrée assez persuasive.

Agacée, inexplicablement déprimée, Laura revint sur la plage, aux côtés de Susan et de John Martin. Elle posa son panier et déploya son drap de bain.

— Je me demande si Elena est la prochaine sur la liste de Tanner, fit remarquer Susan.

Elle désigna du doigt le couple de retour sur le rocher. Allongés très près l'un de l'autre, ils se séchaient au soleil.

— Quelle poétesse résisterait à son charme ?

Laura éclata de rire. Elle ôta son jean et son tee-shirt rouge, révélant un mince bikini noir.

— Susan ! Un de ces jours, quelqu'un s'offusquera de tes remarques et tu devras t'en justifier !

— N'aie crainte ! Je choisis toujours mon auditoire. Dis-moi franchement, crois-tu qu'ils soient déjà amant et maîtresse ?

Laura s'allongea sur le sable, sous l'œil admiratif de John. Le menton sur ses bras croisés, elle jeta un regard en direction du couple.

— Je n'en sais rien et je m'en moque. De plus, ils sont majeurs et libres de leurs actes et de leurs sentiments.

— Tout bien réfléchi, il ne doit pas encore être son amant. Elena lui fait trop d'avances.

Regarde la façon dont elle lui sourit ! Elle ne vient à la plage que lorsqu'il s'y trouve...

John se redressa sur un coude et ébouriffa les cheveux de Susan dans un geste amical :

— Tsst ! Te vengerais-tu de son petit discours au café, ce matin ?

— Quel discours ? demanda Laura.

— Elena a expliqué qu'à son avis les journalistes ont l'âme dépourvue de tout sentiment poétique et que c'est la raison qui les pousse à faire du journalisme...

Susan bourra l'épaule du jeune homme de coups de poing.

— Si nous allions nous baigner ? suggéra Laura.

Joignant le geste à la parole, elle se leva et courut dans les vagues. Elle plongea et, sans se soucier de savoir si quelqu'un la suivait, nagea vigoureusement vers des rochers. Elle s'y hissa et s'allongea sur le ventre, encore toute ruisselante. Les yeux clos, elle s'abandonna à la caresse du soleil sur ses épaules.

— Tu nages comme une sirène...

Laura sursauta et entrouvrit un œil. John l'avait rejointe. Elle se surprit à regretter que ce ne fut pas Philip. Mais elle chassa aussitôt cette idée. Etait-elle devenue folle ?

— Où as-tu appris à nager si bien ?

— J'ai grandi sur une plage de Long Island...

— Oh ! Je comprends !

Il s'assit et effleura son dos d'une caresse. Laura se raidit. John retira aussitôt sa main.

— Désolé, dit-il. Mais tu es si jolie dans ce maillot !

Que répondre ?

— Merci, souffla-t-elle au bout d'une longue minute d'hésitation.

— Tu sembles vouloir garder tes distances avec moi. Ai-je tort ?

— Je... tu m'es très sympathique, John. Mais... je suis fiancée.

— Oh !... J'ai du mal à le croire... Quel étrange engagement ! Toi ici et lui aux Etats-Unis...

— Il est interne à l'hôpital de Brookhaven et doit y passer une année.

— Au terme de laquelle vous vous marierez ?

— Je ne sais pas encore.

— Et ce fiancé m'autoriserait-il à te distraire pendant votre longue séparation ?

Laura eut un gentil sourire :

— Bien sûr. Bill ne m'a jamais demandé de mener une vie de recluse et j'espère que, de son côté, il s'amuse.

Pourquoi ces propos lui paraissaient-ils si étranges d'un seul coup ? Quand son fiancé et elle avaient discuté des modalités de leur séparation, quelques semaines auparavant, Bill n'avait pas paru ennuyé à la perspective de la savoir en compagnie d'autres hommes. Pensait-il que personne ne lui ferait de proposition ? Cette idée l'irrita.

— As-tu entendu parler du projet d'excursion en montagne ? C'est le professeur de dessin qui l'organise. Viendras-tu ?

— Avec plaisir ! J'adore me promener sur cette île.

Elle se redressa et, en équilibre au bord des rochers :

— On fait la course ?

Sans attendre sa réponse, elle plongea.

Elle toucha la terre ferme avant John. Quelques mètres devant elle se tenait Philip. Le visage impénétrable, il la scruta longuement. Elle feignit de ne pas le remarquer et rejoignit Susan, au bout de la plage. Elle avait l'impression d'être nue, passée aux rayons X. Elle affecta une parfaite décontraction, mais son cœur battait encore quand il quitta enfin la crique en compagnie d'Elena...

Le samedi suivant, Laura abandonna Susan et surtout John, qui la poursuivait de ses assiduités depuis leur discussion sur le rocher. Elle avait envie d'être seule, libre de ses pensées et de ses mouvements.

Son panier d'osier à la main, elle emprunta un petit sentier qui serpentait le long de la falaise. Il faisait beau. L'air parfumé des pinèdes vibrait du chant des cigales. Un vent léger jouait dans ses cheveux...

Laura respira profondément. Ce soir, c'était la fête à Deyà. Les étudiants de l'American College avaient organisé une soirée où tous les autochtones étaient invités. Mais en attendant, au diable les mondanités ! Cette journée lui appartenait.

Au bout de quelques kilomètres, Laura repéra un petit chemin à flanc de falaise. Il débouchait dans un cirque de rochers, au ras de la mer. Au centre, alimentée par une sorte de petit canal, scintillait une piscine naturelle.

Laura ne put résister. En deux secondes, elle fut dévêtue et piqua une tête dans l'eau fraîche. Elle nagea vigoureusement, plongea sous l'eau pour admirer les fonds, attentive à ne pas heurter les oursins. Enfin, fatiguée, elle décida de sortir.

Mais remonter ne fut pas si simple, et, après un instant de panique, elle entreprit d'escalader le bord du bassin en s'aidant des anfractuosités du rocher. Elle avança un pied avec précaution. Une grimace de douleur lui déforma le visage. Elle venait de marcher sur un oursin, exploit qu'elle souhaitait à tout prix éviter.

Elle se hissa tant bien que mal sur la roche brûlante de soleil et s'y laissa tomber. Assise en lotus, elle inspecta sa blessure. Les épines étaient profondément enfoncées. Il serait difficile de les extraire. Elle s'y essaya néanmoins.

— Un problème ?

Laura sursauta et redressa vivement la tête. Philip se tenait devant elle, debout, les mains sur les hanches. Elle ne l'avait pas entendu venir. Son premier réflexe fut de cacher sa semi-nudité, mais ses vêtements se trouvaient hors d'atteinte.

— D'où venez-vous ? demanda-t-elle.

Il devina son embarras et, en deux enjambées, il alla chercher ses affaires. Elle accepta la blouse qu'il lui tendait et la jeta d'un air détaché sur ses épaules. Il passa outre à sa question. Les sourcils froncés, il se pencha sur elle :

— Vous êtes blessée ?

— J'ai marché sur un oursin mais ce n'est rien. Je me soignerai à l'hôtel si j'en ai le temps.

— Ne plaisantez pas avec des épines d'oursin. Il faut les extraire rapidement ou vous risquez une sévère infection.

— J'essayais quand vous êtes arrivé.

— Montrez-moi ça.

Sans attendre son consentement, il s'assit à côté d'elle et, saisissant la fine cheville, examina le pied malade.

— Que faisiez-vous dans les parages ? demanda-t-elle pour masquer son trouble.

— Je pêchais... Humm... Vous avez de la chance. Seulement quatre épines. Et elles ne se sont pas brisées...

Il plongea une main dans sa poche et en sortit un canif.

— Oh ! Vous m'effrayez. Que signifie cette arme ?

— Détendez-vous. Je vais vous soigner.

— C'est bien ce qui me fait peur...

— Allons du courage !

Il opéra avec une douceur dont elle ne l'aurait pas cru capable. Quand il eut terminé, il banda son pied, où perlaient quelques gouttes de sang, à l'aide de son mouchoir.

— Voilà, déclara-t-il en relâchant doucement sa jambe. Et vous êtes toujours vivante, n'est-ce pas ?

Elle lui sourit.

— Encore vivante, oui. Merci.

Il lui retourna son sourire. Dans ses yeux rivés sur elle, une étincelle s'était allumée.

— Traditionnellement, le preux chevalier reçoit de la belle qu'il a sauvée un gage plus... substantiel...

Il laissa courir son regard sur les épaules nues, la poitrine palpitante sous le mince tissu de la blouse, les longues cuisses ambrées par le soleil. La gorge sèche, Laura prit brusquement conscience de sa vulnérabilité. Dans un sursaut, elle tenta de briser le charme et se mit debout.

— Excusez-moi mais... mais je dois me rhabiller.

— Si vite ! Votre maillot est encore mouillé...
Changez-vous au moins.

— Non, inutile.

Il fallait à tout prix feindre d'ignorer l'ambiguïté de la situation. Elle grimaça un petit sourire et commença à enfiler son jean. Il ne la quittait pas des yeux.

— Tenez !

Il lui lança sa serviette.

— Séchez vos cheveux !

Elle attrapa le carré d'éponge au vol et en couvrit aussitôt ses épaules. Pendant qu'elle finissait de s'habiller, il se baissa pour ramasser sa canne à pêche et son matériel.

— Je vais continuer à lancer le bouchon pendant une heure ou deux. Vous venez ?

Il était penché et elle ne pouvait voir l'expression de son visage. Elle hésita, perplexe. Il dut percevoir son indécision car il se tourna vers elle et lui sourit avec chaleur. Puis, comme si sa réponse ne faisait aucun doute, il escalada les rochers qui le séparaient de la mer.

Laura le suivit. Fuis-le, se répétait-elle. Mais elle n'en fit rien et demeura silencieuse à le regarder pendant qu'il lançait sa ligne dans le creux des vagues.

— Je suis surprise par votre amour de la pêche, lança-t-elle au bout d'un moment.

— Pourquoi donc ?

— Je ne sais pas au juste. C'est un passe-temps qui ne cadre pas très bien avec votre personnage, avec votre vie mondaine...

— Pêcher est un merveilleux dérivatif. Et je suis fatigué des mondanités.

34

— ... Avez-vous déjà enseigné ?

— Non. C'est la première fois.

— Pourquoi avez-vous accepté ce poste ?

A travers ses paupières mi-closes, elle étudia attentivement sa réaction. Elle désirait tant percer à jour son étrange personnalité !

Il ne répondit pas tout de suite. Sans hâte, il actionna le moulinet pour ramener le bouchon. Un court instant, elle crut qu'il ne l'avait pas entendue. Mais c'était impossible : elle avait parlé fort et le vent portait sa voix.

— Vous n'êtes pas obligé de satisfaire ma curiosité si mes questions vous gênent...

— Pas du tout !

Il s'assit à côté d'elle et reprit, sans la regarder :

— Je suis las de l'agitation artificielle du monde de l'édition et des journalistes. Mon pamphlet sur les femmes m'a entraîné dans des débats sans fin. Si j'avais su ! Depuis sa publication, ma réputation me précède. On m'attribue un cynisme que je suis loin d'éprouver. Cela m'a amusé au début, à présent cela m'exaspère. J'ai l'impression de perdre ma véritable personnalité. J'avais besoin de faire le point, de me retrouver et de déterminer dans quelle voie je vais engager ma carrière.

Il laissa sa phrase en suspens avant de lancer, dans un souffle :

— Je n'ai pas dû partir assez loin. On me poursuit jusqu'ici.

Il avait parlé davantage pour lui-même que pour Laura. Elle le devina mais ne put s'empêcher d'insister :

— Peut-être est-ce vous que vous fuyez... Et vous que vous retrouvez par la force des choses. On ne s'échappe pas aussi facilement.

Il crispa les mâchoires, le regard fixe.

— Vous avez probablement raison.

Il fit cette constatation avec une sorte de colère impuissante. Le vent ébouriffait ses cheveux noirs. Il releva enfin la tête et l'enveloppa d'un regard glacial :

— D'autres questions ?

S'il cherchait à l'impressionner, il en fallait davantage. Elle n'était plus une petite fille ! Elle croisa les mains derrière sa tête et murmura d'un ton léger, presque ironique :

— Oh oui ! Une kyrielle de questions !

Contre toute attente, il éclata de rire :

— Seriez-vous, vous aussi, journaliste au *Long Island Press* ?

— Qui sait ?

Il haussa les épaules, de nouveau sérieux :

— De toute façon, je ne vous fais absolument pas confiance.

Pourquoi cette accusation la blessa-t-elle si profondément ? Il ne s'agissait que d'un badinage, un échange léger et, somme toute, presque mondain. Elle chercha à donner un tour plus grave à leur conversation :

— Pourquoi cette méfiance ? La plupart des gens sont honnêtes, à condition qu'on leur laisse une chance de le prouver...

— C'est faux. Chacun se cache derrière un masque, surtout s'il est confronté à une célébrité. J'ai fini par me défier de tout le monde.

— Je ne porte pas de masque.

— Le vôtre est fragile, mais il existe. Il cache

les sentiments profonds dont vous avez peur. Vous craignez de les révéler, même à vous-même...

Elle se mordit les lèvres, ébranlée par sa remarque. Avait-il raison ? Oui. Elle en fut agacée :

— Quoi qu'il en soit, je ne changerai plus. Il est trop tard...

Une étincelle, mi-triste, mi-moqueuse, s'alluma dans les yeux de Philip :

— Pour changer, il faut le vouloir. Et je ne crois pas que vous le désiriez.

Il devenait trop perspicace. Il s'immisçait dans sa vie privée. Elle décida de passer à l'attaque et de lui retourner ses questions :

— Après la lecture de *Femmes et femelles*, je me suis demandé si vous aviez été marié ?

Elle l'observa à la dérobée et fut frappée par la tension de son visage. Avait-elle touché un point sensible ou bien l'évocation de son pamphlet suffisait-elle à le mettre hors de lui ? Elle se rappela son aveu : devenu prisonnier de son œuvre, il cherchait à la fuir.

Laura pinça les lèvres :

— Désolée, j'ai manqué de tact, souffla-t-elle.

— La réponse est non.

Pour détendre l'atmosphère, elle tenta une plaisanterie maladroite :

— Vous êtes pourtant un homme d'expérience, n'est-ce pas ?

— Laura...

Il pencha la tête sur le côté, les paupières à demi fermées. Elle tressaillit sous l'acuité de son regard. Il la transperçait.

— Laura... Que cherchez-vous, exactement ?

— Je ne comprends pas le sens de votre question...

Il lui effleura la joue. Ce fut comme un choc électrique sur sa peau, une décharge de sensualité. Paralysée, en proie à une étrange faiblesse, Laura leva des yeux éperdus vers Philip. Leurs regards se croisèrent. Hypnotisée, le souffle court, Laura attendit. Le clapotement de la mer sur les rochers, le chant strident des cigales scandaient les minutes qui, interminables s'écoulaient...

Le regard de Philip glissa doucement sur son visage, s'arrêta sur ses lèvres qu'elle entrouvrit, haletante.

— Je suis désolée de...

Mais sa voix mourut dans un souffle. La bouche pleine et sensuelle de Philip l'attira comme un aimant. Elle ferma les yeux. Son cœur battait si violemment qu'il devait l'entendre. Enfin, elle sentit ses lèvres s'emparer des siennes...

Ce fut merveilleux. Laura avait l'impression de fondre dans ses bras. Le désir de répondre sans retenue à son étreinte l'assaillit. Elle s'abandonna avec une passion dont elle ne se serait jamais crue capable.

Philip enfouit ses mains dans ses cheveux, caressa ses épaules, ses seins. Elle gémit et noua ses bras autour de son cou. Puis, brusquement, elle reprit pied avec la réalité. Etait-elle devenue folle ?

Dans un ultime sursaut, elle se dégagea et, des deux mains, le repoussa de toutes ses forces. Il rejeta la tête en arrière et la considéra longuement. Consciente du désordre de sa chevelure et de la rougeur de ses joues, Laura s'en voulut davantage. Elle détourna la tête pour lui masquer son trouble.

— S'il vous plaît, cessons ce jeu...

Elle le suppliait, intimidée soudain, tout en essayant de retrouver son calme, d'échapper à la tentation.

— Pourquoi ? Il ne fait que commencer...

Sa voix douce contrastait avec l'étreinte vigoureuse de ses mains sur ses épaules. Il devinait le pouvoir de son charme sur elle. Il en usait avec la cruauté malicieuse du chat qui sait que sa proie ne peut plus lui échapper...

Elle tenta à nouveau de se dégager mais il la retint fermement :

— Partir ? Allons Laura ! Pourquoi tant d'hypocrisie ? Vous m'avez suivi jusqu'ici, simulé une rencontre hasardeuse, provoqué... Il faut aller jusqu'au bout, maintenant...

Abasourdie, Laura releva brusquement la tête :

— Je vous ai suivi ! répéta-t-elle.

— Parfaitement... Depuis mon arrivée, je suis pourchassé par mes étudiantes. Elles semblent toutes me tomber dessus par hasard, où que j'aille, quel que soit le lieu où je me réfugie. Je n'en ai pas encore trouvé une dans mon lit mais ça ne saurait tarder !

Laura blêmit sous l'insulte :

— Mufle !

Ses yeux étincelaient de rage. Elle dut reprendre son souffle pour poursuivre :

— Votre prétention vous aveugle ! Jamais je ne vous ai suivi ! Je ne vous ai pas provoqué non plus ! Vous ne m'intéressez pas le moins du monde !

— Vraiment ?

Elle s'embrasa sous l'allusion. Il évoquait la passion avec laquelle elle avait répondu à son baiser, elle le savait :

— C'est justement parce que j'ignorais que vous étiez dans les parages que j'ai été surprise de vous voir et que je n'ai pas su me défendre comme je l'aurais dû.

Des larmes de rage embuèrent ses yeux. Elle le détestait ! La colère et la honte l'agitaient de tremblements. Oh ! si seulement elle pouvait le gifler !

Il la regarda longuement. Peu à peu, le doute succéda à la moquerie et son visage se radoucit. Il poussa un long soupir et s'écarta d'elle.

— Dans ce cas, je suis désolé.

Elle n'avait plus qu'une envie, fuir, s'éloigner de lui. Mortellement blessée dans son orgueil, elle esquissa un mouvement de retraite. Il la retint en posant la main sur son bras :

— S'il vous plaît, Laura. Je suis sincèrement confus. Vous ne m'avez pas suivi, j'en suis convaincu. Comment ai-je pu le croire une seconde ? Je mérite vos qualificatifs. Je suis un mufle prétentieux et présomptueux.

De nouveau, il lui sourit, presque tendrement. Mais, cette fois-ci, elle ne se laisserait pas séduire. Elle pinça les lèvres.

— Prétentieux et présomptueux. Vous avez trouvé les mots justes. Il nous reste à oublier ce qui s'est passé...

— Je ne pense pas y parvenir si facilement, Laura...

Elle rougit et préféra battre en retraite.

Mais en grimpant le petit sentier à travers la pinède, Laura dut s'avouer son propre désarroi : elle oublierait difficilement, elle aussi...

Chapitre trois

— J'ai travaillé toute la journée à préparer cette soirée et, à présent, je suis épuisée... J'ai besoin d'une bonne douche pour me remettre en forme !

Susan se laissa tomber sur le lit de Laura. L'après-midi touchait à sa fin. Dehors, dans le ciel limpide, des hirondelles criaient en frôlant les murs blancs.

Laura sourit à son amie :

— Tu es resplendissante !

— Toi aussi...

La jeune fille fronça les sourcils et scruta attentivement le visage de Laura :

— Mieux, fit-elle remarquer. Tu sembles... épanouie. Que t'arrive-t-il ? Tu as l'air d'une chatte qui vient de trouver une tasse de lait.

— C'est presque ça !

Laura détourna vivement la tête. La perspicacité de Susan la déconcertait toujours. En réponse à sa question déguisée, elle lui raconta sa découverte de la piscine naturelle et sa longue baignade. Elle cacha néanmoins sa rencontre avec Philip. Qu'en dire, d'ailleurs ? Ses impressions étaient encore trop confuses pour qu'elle puisse en parler.

— Parfait, conclut Susan. Dis-moi, es-tu accompagnée, ce soir ?

— Non, bien sûr. Et toi ?

— Moi non plus. Je pensais que John te l'aurait proposé. Il est plutôt joli garçon dans son genre et je ne dirais pas non s'il me faisait la cour...

— Pourquoi ne pas le lui suggérer ? Nous sommes camarades, rien de plus. N'oublie pas Bill !

— Oh ! Je ne crois pas beaucoup à ces fiançailles ! Et tu n'imagines tout de même pas que Bill restera enfermé toute une année, en tête à tête avec son stéthoscope ! De toute façon, quand une femme aime vraiment un homme, elle ne l'abandonne pas. Elle veille sur lui jalousement !

— Oh, Susan ! Bill ne m'appartient pas, ni John, ni personne. Ce n'est pas mon style !

— Tu voudrais me faire croire que tu es au-dessus de la jalousie ? Alors tu ne connais rien à l'amour ! Attends... Un jour, le monstre fera surface. Il est tapi dans chacun de nous et attend l'occasion de surgir.

Pourquoi, à cet instant, l'image de Philip lui traversa-t-elle l'esprit ? Inexplicablement, elle rougit. Puis, en riant, elle lança un coussin en direction de Susan :

— Allez, impertinente ! Dehors ! Nous allons être en retard !

— L'impertinence est une de mes qualités ! Mets ta robe de soie verte, ce soir. Elle te va si bien ! Et n'oublie pas ! Méfie-toi de la jalousie.

Elle éclata de rire et, vive comme l'éclair, quitta la chambre de Laura.

Il y avait foule lorsque Laura arriva à la soirée. Elle se sentait sûre d'elle, très en beauté. L'émeraude de sa robe rehaussait l'éclat de ses yeux et les reflets cuivrés de sa chevelure. Deux boucles de jade scintillaient à ses oreilles. La soie légère de la jupe bruissait à chacun de ses pas...

Les étudiants se pressaient autour du buffet, distribuant les verres de sangria. Malgré l'affluence, Laura repéra très vite la haute silhouette de Philip. Appuyé contre un mur, il répondait aux questions que lui posait un petit groupe d'invités. Son bras entourait les épaules d'une jeune femme blonde, ravissante, somptueusement moulée dans un fourreau noir. Laura eut l'impression qu'une main lui broyait le cœur.

Elle secoua la tête. Que lui arrivait-il ? Pourquoi cette réaction ? Après tout, Philip n'était rien pour elle...

— Tu sembles avoir besoin d'un verre...

Elle sursauta. John avait surgi à ses côtés. Il lui tendait une sangria.

— Merci.

— Tu es superbe ce soir, Yeux verts...

Elle lui sourit. Elle lui était reconnaissante de ne pas insister sur l'émoi dont il venait d'être témoin.

Il lui offrit son bras et l'entraîna vers un groupe d'étudiants agglutinés autour d'Eric Tabor. Le peintre leur exposait les difficultés de la vie d'artiste à Majorque. Il tenait sa femme par la main, une petite Espagnole nommée Maria.

— Je pousse mon fils à devenir comptable. Tout, sauf embrasser une carrière artistique ! Il faut être fou pour vouloir gagner sa vie en sculptant ou en peignant.

L'auditoire, complice, éclata de rire.

— Et vous, Laura, que pensez-vous de Deyà ?

— C'est un endroit merveilleux. Comment ne pas l'aimer ?

— Et ces écrivains penchés sur leurs machines à écrire ne vous semblent pas un peu fous ?

— Non. Et, contrairement à ce que vous imaginez, vous rencontrer nous donnerait plutôt la vocation...

— Doux Jésus ! Que Dieu vous protège, dans ce cas !

Il lui sourit et la salua d'un petit geste de la main car sa femme l'entraînait déjà à la rencontre d'autres invités.

— Elle est vraiment belle, tu ne trouves pas ?

John désignait du menton la compagne de Philip.

— Elle s'appelle May Donnelly. C'est l'un des mannequins new-yorkais les plus en vogue. Je l'ai vue plusieurs fois à la télévision. Elle vient d'arriver.

Débitées innocemment, ces nouvelles eurent le don d'exaspérer Laura. Ainsi, Philip était au courant de la venue de son amie quand il l'avait prise dans ses bras. Cette révélation confirma ses doutes : il s'était moqué d'elle. Il avait joué avec sa naïveté, comme avec celle des autres étudiantes...

— J'aimerais beaucoup faire sa connaissance, poursuivit John.

Avant qu'elle ait pu protester, il la poussait vers le couple. Laura affiche un sourire glacé.

— Bonjour, comment allez-vous ? Quel plaisir de vous rencontrer !

44

May Donnelly débitait ses platitudes avec un sourire stéréotypé et impersonnel. Elle ne leur tendit pas la main, se contentant de hocher légèrement la tête, ses doigts parfaitement manucurés posés sur le bras de Philip.

— Laura est l'assistante du Pr Johnson, expliqua Philip. Et j'ai le plaisir de l'avoir comme étudiante.

Laura marmonna les salutations d'usage et baissa les yeux. Elle n'avait qu'une envie : s'éloigner le plus vite possible de Philip dont le regard la brûlait. Hélas ! John s'était engagé dans une longue conversation avec May. Au même moment, l'orchestre entama un air endiablé et tout le monde se mit à danser.

John se tourna vers Laura et l'enlaça. Bien que sans imagination, il faisait un danseur acceptable.

Après deux ou trois rocks effrénés, les couples commencèrent à se disperser, aussi les musiciens jugèrent-ils plus sage de jouer quelques slows.

— Si nous changions de partenaires ?

Laura sursauta. Philip s'était immobilisé à côté d'eux. Il souriait à John en lui tendant la main de May. Sa question ressemblait plus à un ordre qu'à une invitation. Avant qu'elle ait eu le temps de protester, il emprisonna la taille de Laura d'un bras ferme.

Peu à peu, la jeune femme succomba à la langueur de la musique, se laissa griser par le parfum subtil de Philip. Il dansait merveilleusement bien, Laura éprouvait un plaisir extrême à être guidée par un partenaire aussi doué. Son ressentiment s'évanouit comme par enchantement et elle s'abandonna. Ils glissaient sans effort sur la piste, en harmonie parfaite.

— Vous vous amusez bien ?

Pourquoi avait-il brisé cette merveilleuse entente ? Laura se raidit.

— Très bien, merci.

Sa voix était glaciale.

— Pourquoi cherchiez-vous à m'éviter ? A cause de notre rencontre de ce matin ou à cause de May ?

— Les deux sont liés d'une certaine manière. Je déteste servir d'amuse-gueule...

Il éclata de rire :

— Un amuse-gueule ? Non... plutôt un plat de résistance.

— Quoi qu'il en soit, j'espère bien vous avoir donné une indigestion.

Il pencha la tête. Son souffle faisait voleter ses cheveux, lui chatouillait l'oreille. Sa main glissa le long de son dos. Laura ne put réprimer un frisson.

— Impossible, murmura-t-il.

— Eh bien ! Dans ce cas, je m'arrangerai pour ne jamais vous donner l'occasion de vous rassasier de moi.

Sur ces mots, elle le repoussa de toutes ses forces, en proie à une violente colère... contre Philip et son audace mais surtout contre elle-même. Comment pouvait-elle être sensible à son charme ? Il ne cachait même plus son jeu, comme s'il était certain qu'elle céderait à tous ses désirs.

Philip ne s'offusqua pas de sa réaction. Au contraire. La tête renversée en arrière, il éclata d'un rire joyeux.

— Que se passe-t-il, chéri ?

John et May les avaient rejoints.

— Rien. Laura usait d'une métaphore très amusante.

— Oh, vraiment !

May sourit dans le vide et reprit possession de Philip en passant un bras autour de sa taille. Pour dissiper tout malentendu, Laura fit de même avec John.

— Bon appétit ! lança-t-elle, mielleuse, avant d'entraîner son cavalier vers la sortie.

— Si nous marchions un peu, John ? J'ai besoin de prendre l'air.

— Volontiers !

Elle aurait préféré être seule, mais une soudaine désertion aurait alerté son compagnon. Et la jeune femme ne voulait à aucun prix dévoiler son conflit avec Philip Tanner. Il avait déjà été témoin de son désarroi quand elle avait découvert May Donnelly au bras du romancier, c'était bien suffisant.

Ils marchèrent lentement jusqu'à une petite place baignée de lune. L'air était doux comme du velours et, dans les branches des oliviers, les cigales chantaient.

Absorbée par ses pensées, Laura ne disait mot. Décidément, elle aurait mieux fait de rester au lit, ce jour-là. Depuis le matin, les heures s'étaient écoulées plus désastreuses les unes que les autres. Et pour couronner le tout, il y avait eu l'apparition de May Donnelly ! La vue du mannequin aurait dû mettre un terme à ses divagations sentimentales sur Philip Tanner... et c'est exactement le contraire qui s'était produit...

Elle était amoureuse...

La brutalité avec laquelle la vérité s'imposa à elle l'horrifia. Elle, amoureuse de cet homme à femmes cynique et infatué de sa personne ? Elle frissonna. Dieu merci ! songea-t-elle en croisant les bras, l'arrivée de May assainirait la situation en l'obligeant à garder ses distances...

— Tu as froid ?

John avait remarqué son léger tremblement. Il ôta sa veste et la posa délicatement sur ses épaules. Elle se força à lui sourire gentiment.

— Je donnerais cher pour les connaître...

— Quoi donc ?

— Tes pensées, soupira John.

Laura rit doucement. D'un geste taquin, elle lui effleura la joue :

— Elles n'en valent pas la peine...

John se méprit sur ses intentions. Il lui saisit le poignet et l'attira vivement contre lui. Elle ouvrit la bouche pour protester, mais John la fit taire d'un baiser.

Au même moment, un flash les éblouit. Laura écarquilla les yeux. Ils étaient pris dans le faisceau lumineux des phares d'une automobile. Une Porsche blanche...

Laura se dégagea de l'étreinte de son compagnon. Avait-elle rêvé ? Il lui semblait avoir reconnu Philip derrière le volant. Mais non. Elle était folle et, décidément, ensorcelée. Tanner n'avait pas de Porsche mais une petite Fiat...

Déjà, le bruit du moteur de l'automobile s'évanouissait au loin et la nuit de septembre avait englouti les deux points rouges de ses feux arrière. Laura soupira. John déposa un baiser sur sa joue :

— Amis ? demanda-t-il.

— Je...

— C'est bon. Tu n'as pas besoin de m'expliquer. J'ai parfaitement compris.

Il la raccompagna à son hôtel. Pour rompre un silence gênant, il se lança dans la description de ses préparatifs pour l'excursion en montagne. Enfin, il prit congé devant sa porte.

Réfugiée dans sa chambre, Laura se laissa tomber sur son lit. Elle se sentait brisée, en proie à une insidieuse tristesse.

Toute désemparée, ne sachant plus que penser elle décida d'écrire à Bill. Elle saisit son bloc de papier à lettres.

« Mon très cher Bill, »

Une demi-heure plus tard, la page était toujours blanche.

Déprimée, elle ôta sa jolie robe et se glissa sous ses draps, impatiente de trouver l'oubli dans le sommeil.

Chapitre quatre

Le lundi matin, à la sortie des cours, Laura eut la réponse à l'une de ses questions. May Donnelly, au volant d'une Porsche blanche, attendait Philip.

Ainsi, c'était bien lui, la veille, qui l'avait surprise dans les bras de John. Et alors ? Quelle importance ? Elle avait bien le droit de sortir avec qui elle voulait. Quoique intimement contrariée par cet incident, elle prit le parti de s'en féliciter.

John et Susan l'attendaient pour déjeuner et elle courut les rejoindre. Elle ne se sentait pas en effet d'humeur à rester seule. Leurs bavardages et les plaisanteries malicieuses de Susan sauraient la distraire.

Le repas fut très animé. Ils discutèrent de l'excursion et de ses préparatifs. Au dessert, Susan déclara d'une voix grave.

— J'ai rencontré le plus intéressant des hommes.

Laura fronça les sourcils, ébahie. Une telle affirmation dans la bouche de son amie l'étonnait au plus haut point ! Elle n'en croyait pas ses oreilles... D'habitude, lorsque Susan décrivait l'un de ses flirts, c'était toujours sous des qualificatifs ironiques.

— Qu'a-t-il de spécial ?

Susan hésita, rêveuse. Un léger sourire flotta sur ses lèvres :

— Il est différent. Il ne ressemble pas aux hommes que j'ai pu rencontrer jusque-là.

— Même moi ? plaisanta John.

— Même toi, vieux crabe !

— Enfin une épithète familière dans ta bouche ! s'exclama Laura.

— Ainsi, vous pensez tous les deux que je suis incapable d'être sérieuse, n'est-ce pas ?

— Mais non... allons Susan, parle-nous de lui...

— Architecte à Londres, il est venu à Majorque pour affaires. Il n'a rien d'un artiste. De toute façon, dès que vous le rencontrerez, vous comprendrez ce que je veux dire... Il est brillant, remarquablement intelligent.

— Et une femme et six enfants qui l'attendent à Londres !

— Miss rabat-joie ! Tout de suite des objections !

— Pas du tout mais je serais désolée de te voir souffrir...

— A cause d'un homme ? Tu me connais mal !

Ils éclatèrent de rire tous les trois et quittèrent le restaurant. John les abandonna sur le seuil de l'auberge et les deux amies regagnèrent à pas lents leur hôtel. Incapable de tenir tête plus longtemps à la tristesse qui l'accablait, Laura soupira.

— Pourquoi n'entreprends-tu pas sa conquête ? interrogea Susan en dévisageant son amie.

— Pardon ? La conquête de qui ?

Elle s'attendait à ce que Susan fasse allusion à John.

— De Philip Tanner, bien sûr.

— Tu es folle !

Mais elle avait parlé trop vite, protesté avec trop de vigueur. Elle se mordit la lèvre et, gênée, détourna les yeux.

— Je suis loin d'être folle et tu le sais bien. Je ne suis pas aveugle non plus. Lorsque vous avez dansé ensemble, j'ai tout de suite compris qu'il se passait quelque chose. Tu lui plais, c'est l'évidence même et toi, ma petite, en dépit de tous les internes et les fiancés du monde, il ne t'est sûrement pas indifférent.

— Susan, s'il te plaît, je ne veux pas...

— Si j'étais à ta place, je mettrais mes peintures de guerre et je me lancerais à sa conquête. N'accorde aucune importance à cette May Donnelly. Elle n'est pas à la hauteur. Parfaitement jolie, mais parfaitement insignifiante et fade...

— Susan ! La vie de Philip Tanner ne m'intéresse pas, pas plus que le sort de May Donnelly. Je me moque de ce qu'ils font et je serais heureuse si tu refrénais ton imagination. Je suis fiancée et j'ai l'intention de le rester.

Susan leva les yeux au ciel et poussa un long soupir :

— Hum ! J'ai déjà entendu ce refrain quelque part... N'oublie surtout pas que plus tu monteras haut pour te mettre hors d'atteinte, plus dure sera la chute... J'espère seulement que tu ne te feras pas trop mal...

Une pluie fine noyait le paysage lorsque, à l'aube, Laura rejoignit les excursionnistes devant le bar-tabac. Il y avait John et Susan, bien sûr, mais aussi les Tabor, huit autres étudiants et... Philip Tanner.

Equipés de sacs à dos et de vêtements chauds, ils empruntèrent le chemin qui menait à la montagne. Le programme prévoyait d'atteindre le sommet d'où l'on jouissait d'une vue exceptionnelle sur les deux versants de l'île, et de redescendre au village avant la nuit.

Ils commencèrent à s'enfoncer dans la forêt d'oliviers qui s'étageait à flanc de coteau. Plus ils s'élevaient, plus le paysage qu'ils découvraient à travers les branches était vaste et magnifique. Laura ne regrettait plus la tiédeur de son lit.

Ils marchèrent ainsi, en silence, pendant plus de deux heures. Des senteurs d'iode se mêlaient au parfum plus épicé des fleurs sauvages. De temps en temps, un troupeau de moutons se dispersait à leur approche. Les cloches accrochées à leurs cous tintaient légèrement dans l'air pur.

Eric et Maria ouvraient la marche. Ils connaissaient bien le chemin, balisé de pierres plates, pour l'avoir emprunté plusieurs fois... Parvenus à une sorte de petite clairière, ils se laissèrent tomber dans l'herbe sèche. Philip s'immobilisa à leurs côtés. Pendant qu'Eric allumait une cigarette, il parcourut des yeux le chemin qui leur restait à faire.

— Philip, regarde ces nuages. Penses-tu qu'il va se mettre à pleuvoir ?

Eric désignait le ciel du menton. Philip contempla longuement l'horizon où s'amoncelaient de lourds cumulus.

— Maria, quel est ton verdict ?

— Il n'est pas impossible qu'il pleuve. Si tel est le cas, nous pourrons toujours nous réfugier dans une étable. La montagne est parsemée d'abris pour les moutons.

Elle se leva et épousseta son jean :

— Quoi qu'il en soit, si nous voulons rentrer avant la nuit, nous ne devons pas nous attarder.

La petite colonne se mit en branle. L'étroitesse du sentier ne permettait pas le passage de plus de deux personnes à la fois. Philip attendit Laura et s'engagea à ses côtés.

— Pas encore d'ampoules ? demanda-t-il en guise d'introduction.

— Non.

En fait, elle commençait à être fatiguée, mais pour rien au monde elle ne lui aurait avoué sa faiblesse.

Il se tut et ils continuèrent leur route sans échanger un mot pendant plus d'une heure. Etrangement, aux côtés de Philip, sa lassitude s'évanouit. Elle prenait plaisir à grimper avec lui le long de ce chemin escarpé, dans ce décor sauvage et un peu irréel. L'air, très pur, avait sur elle une action euphorisante. Elle avait l'impression qu'il les lavait, Philip et elle, de leurs conflits et de leurs ambiguïtés, qu'ils pouvaient enfin se retrouver seuls au monde, libérés de leurs passés.

C'était une sensation difficile à expliquer et elle se demanda si Philip l'éprouvait lui aussi. Mais elle n'osa rien dire, de peur de briser le charme.

— Nous nous arrêtons, nous aussi ?

Philip désignait du menton un caroubier à l'ombre duquel les étudiants se reposaient. John était parmi eux. Le visage indéchiffrable, il les regardait gravir les derniers mètres qui les séparaient encore.

Laura n'avait pas envie de bavarder ni de rompre cette complicité que l'effort avait instaurée entre Philip et elle. Elle jeta un coup d'œil vers le sommet. La pente semblait plus raide.

— Non. Pas encore.

— Très bien, nous allons prendre la tête et ouvrir la piste !

Elle lui sourit. Avec son jean et sa chemise de toile bleue, il ressemblait plus que jamais à un pirate. Ses cheveux noirs, ébouriffés par le vent, bouclaient légèrement autour de son front. Ses yeux étincelaient. Elle frissonna tant était forte en elle l'envie de se blottir contre sa large poitrine. Alarmée par la puissance de cette attirance, elle tenta une retraite prudente :

— Je ne vous oblige pas à me suivre, vous savez.

— Vous cherchez à vous débarrasser de moi ?

Elle haussa les épaules :

— Même si telle était mon intention, ça n'aurait pas grande importance pour vous, n'est-ce pas ?

Elle leva les yeux vers lui et regretta aussitôt sa réflexion. Leurs regards se croisèrent avec une force, une intensité qui la bouleversa. Sans un mot, il la prit par le bras et l'entraîna loin des autres, à l'écart du sentier. Ils s'assirent au pied d'un rocher, sur un coussin d'herbe grasse.

— La partie la plus difficile de l'ascension commence ici. Reprenons notre souffle avant de l'attaquer.

Hésitante, Laura jeta un coup d'œil par-dessus

son épaule pour évaluer la distance qui les séparait du groupe.

Philip eut un sourire sarcastique :

— N'ayez pas peur, je ne vais pas me jeter sur vous. Si je vous ai demandé de vous asseoir ici, c'était par simple prévenance... Vous me croyez donc incapable d'un geste de courtoisie ?

Il se passa la main dans les cheveux.

— J'avoue ne pas m'habituer à votre régime de douches écossaises. Vos brusques changements d'humeur me déconcertent. Je n'en devine jamais la raison...

— Désolée, je ne le fais pas exprès.

Elle arracha machinalement une touffe d'herbe et reprit, sans oser lui faire face :

— Si je me suis montrée impolie, je le regrette. Mais quoi qu'il en soit, je refuse le rôle que vous désirez me faire jouer. Surtout s'il s'agit d'un mélodrame...

— Oh !

Il se pencha en avant et croisa les bras sur ses genoux. Laura lui glissa un coup d'œil en biais. Il avait l'air pensif.

— Et si je vous accordais le rôle principal ?

Elle tressaillit et son cœur se mit à battre plus vite. Que sous-entendait-il ? Mais elle se ressaisit aussitôt. Il n'était pas sérieux et elle ne devait pas se laisser prendre à son jeu. Elle respira profondément pour retrouver son calme et lui masquer le trouble dans lequel l'avait plongée sa question.

— Eh bien ? Oui ou non ?

Cette fois-ci, il la regardait droit dans les yeux. Son visage était calme, neutre, impassible.

— Oui ou non quoi ? J'ai oublié la question.

— Vous la connaissez parfaitement. Mais vous en avez peur. Aussi peur que de la réponse, d'ailleurs...

Laura baissa les paupières. Une chaleur inhabituelle l'irradia toute et, de nouveau, son cœur se mit à battre la chamade. Avec une sérénité qu'elle était à mille lieues d'éprouver, elle repoussa ses cheveux, croisa les bras derrière sa nuque et s'allongea dans l'herbe. Elle ne lui répondrait pas, même s'il insistait. Les règles du jeu étaient faussées dès le départ.

Un pesant silence s'abattit sur eux. Les paupières toujours closes, Laura sentait sur elle le regard de Philip. Elle attendit de longues minutes avant d'ouvrir les yeux, espérant, sans trop y croire, qu'il détournerait la tête.

Elle se trompait. Philip la contemplait toujours.

Elle tenta alors de dénouer la situation en changeant volontairement de conversation :

— Il vous manque un revolver et le tableau serait complet.

Elle sourit, moqueuse :

— Vous ressemblez à un bandit prêt à sauter sur sa proie...

— Dois-je prendre votre réflexion pour un compliment ?

— Peut-être.

Elle se rassit :

— Vous ne m'avez pas encore dit ce que vous pensiez de la nouvelle que j'ai écrite. Pourquoi ? Vous avez corrigé la plupart des autres. Dois-je en conclure qu'elle est exécrable ?

Il parut surpris :

— Pas du tout ! Votre style est excellent et

vous possédez un sens de l'observation remarquable. Vous avez su rendre l'atmosphère très particulière qui règne à Deyà, mais...

— Mais les imperfections sont nombreuses...

— Ne croyez pas ça ! Si je jugeais mes œuvres aussi sévèrement que je juge la vôtre, j'y relèverais autant d'erreurs !

— Vous n'êtes pas toujours aussi intransigeant ! Je ne vous ai pas entendu formuler la moindre remarque à l'égard de certains étudiants.

— Je vais vous faire un aveu...

Il lui sourit. Les dernières résistances de Laura fondirent à la chaleur de son regard.

— Je n'émets presque pas de critiques à l'encontre d'élèves sans talent. A quoi bon ? Ils ne deviendront jamais de bons écrivains. Chez eux, l'écriture est une forme de thérapie et mes corrections ne leur apporteront rien de plus... Non, je ne suis exigeant qu'avec les auteurs d'avenir.

La jeune femme éclata de rire et la tension entre eux se dissipa.

— Hé ! Vous deux !

Tabor leur adressa un signe de la main.

— Debout, paresseux ! Il est temps de reprendre la route !

— Très bien !

Philip se leva et tendit la main à Laura pour l'aider à se redresser. Mais la vue du groupe d'étudiants qui s'approchait la dissuada d'accepter. D'autant plus qu'elle venait d'intercepter le regard sarcastique de John. Elle secoua la tête dans un geste de refus. Philip passa outre. D'un mouvement rapide, il saisit son bras et l'attira à lui aussi facilement que si elle avait été une plume.

Avait-il senti sa gêne ? Il enfila les courroies de son sac à dos et, sans plus lui prêter d'attention, rejoignit Eric et Maria.

Laura le suivit à quelque distance. John l'avait attendue et il lui emboîta le pas.

— Vous parliez littérature avec Tanner ? attaqua-t-il aussitôt.

— Oui...

Laura prit soin de répondre d'un ton détaché.

— Il te plaît n'est-ce pas ? Tu cherches à le séduire ?

Elle s'immobilisa brusquement et lui fit face :

— Qu'insinues-tu ?

— Tu le sais très bien... Un conseil, Laura, ne joue pas trop avec le feu.

— Je n'ai besoin de personne pour savoir ce que j'ai à faire !

Il poussa un long soupir et, après un regard pensif, il se remit en marche sans l'attendre...

Agacée, mortifiée, Laura le laissa prendre de l'avance. Elle se sentait mauvaise conscience. En refusant dans un premier temps de s'arrêter avec les autres, n'avait-elle pas cherché, inconsciemment, à accaparer l'attention de Philip ? Cette idée la troubla, mais elle n'eut pas le temps d'y réfléchir. Un cri strident la ramena à la réalité.

Susan était assise sur un rocher, le visage grimaçant de douleur. Eric et Philip se penchaient sur elle. Laura se précipita vers son amie.

— Je n'ai pas regardé où je mettais les pieds et j'ai glissé ! gémit Susan.

Elle se massait la jambe. Philip repoussa sa main et tâta délicatement sa cheville enflée.

— Vous ne pouvez pas continuer. Vous devez rejoindre la ferme la plus proche et descendre à Deyà en voiture.

— J'en ai bien peur, dit Susan.

Laura se redressa :

— Je viens avec toi.

Jim, l'un des étudiants, se proposa pour les accompagner.

— Parfait, déclara Philip. Jim et moi aiderons Susan à marcher jusqu'à la première maison que nous rencontrerons. Nous n'avons pas besoin de vous, Laura. Il nous faut des bras forts pour porter Susan.

— Il vaut mieux que j'y aille, moi, intervint Eric. Je connais bien les fermiers. De plus, je suis fatigué. Ces promenades ne sont plus de mon âge. Je serai ravi de rentrer...

— Très bien.

Maria désigna le ciel d'un geste de la main :

— De toute façon, nous ne tarderons pas à faire de même. Les nuages deviennent menaçants. Nous avons perdu du temps et chercher à atteindre le sommet à tout prix devient une expédition périlleuse.

— Que proposez-vous ?

— Nous pourrions grimper pendant une heure ou deux encore et nous arrêter pour pique-niquer. Après quoi nous regagnerons Deyà. Que chacun fasse bien attention sur le plateau ! Il est facile de s'y perdre !

Eric et Jim les saluèrent et commencèrent à descendre avec leur précieux fardeau, tandis que le petit groupe des excursionnistes s'ébranlait en file indienne.

Une heure plus tard, ils débouchèrent sur une immense clairière. La végétation avait changé. Des rochers aux formes abruptes se découpaient sur le ciel gris. L'herbe était rare, remplacée çà et là par des plaques de lichen jaunâtre.

— Ceux qui ont encore envie de marcher ont de quoi satisfaire leur besoin d'exploration, fit remarquer Philip.

Chacun posa son sac à dos avec soulagement. Tous appréciaient cette halte qui leur permettait de se restaurer un peu. Quelques étudiants s'allongèrent tandis que d'autres s'éloignaient pour une courte promenade. Il était entendu que le signal du départ serait donné une heure plus tard.

— Viens ! Nous pourrions jeter un coup d'œil derrière ces rochers. Je suis certain que la vue doit être magnifique.

John souriait, Laura devina qu'il lui offrait de faire la paix. Malgré son désir de solitude, elle accepta.

Ils cheminèrent en silence. Le paysage avait quelque chose d'effrayant, une beauté dramatique qui s'harmonisait à merveille avec l'humeur de la jeune femme. Ces énormes masses rocheuses qui se dressaient à l'assaut du ciel, ces buissons d'épineux étrangement tordus par le vent, ces vastes étendues désertes... distillaient un romantisme sauvage qui la touchait profondément. John se lança dans une série d'anecdotes sur la vie des artistes de Deyà. Laura l'écoutait à peine, absorbée par ses pensées.

— Si je t'ennuie, dis-le tout de suite !

Elle sursauta et lui adressa un petit sourire d'excuse.

— Désolée. Je... j'admirais le paysage. C'est tellement beau !

— Tu n'avais pas les mêmes préoccupations esthétiques tout à l'heure, avec Tanner.

— Nous parlions travail !

— Allons, Laura ! Ne me prends pas pour un imbécile. Je t'ai vue te vautrer dans l'herbe et minauder comme une chatte. C'était une invitation on ne peut plus explicite !

Laura s'immobilisa brusquement. Ses yeux étincelaient de colère.

— Comment peux-tu me croire capable d'une chose pareille !

Mais John ne l'écoutait plus. Il donnait enfin libre cours à sa jalousie et à son amertume d'avoir été repoussé :

— Ça t'est égal de savoir qu'il est l'amant de May Donnelly ? Ou ta seule ambition consiste-t-elle à allonger sa liste de conquêtes ? Peut-être postules-tu le rôle de la belle héroïne dans son prochain roman ?

Laura serra les poings.

— Va-t'en tout de suite, John. Cela vaudra mieux. Je ne supporterai pas d'en entendre davantage.

— Très bien. C'est toi qui l'auras voulu. J'espère que tu n'auras pas à le regretter !

Sur ces mots, il fit volte-face et s'éloigna à grandes enjambées. Laura le regarda partir. Pourquoi se montrait-il si jaloux ? Elle ne l'avait jamais trompé sur ses sentiments à son égard...

Elle soupira. Ils finiraient bien par se réconcilier !

62

A pas lents, elle continua sa promenade. Les paroles de John la harcelaient. « Philip est l'amant de May Donnelly... » Il avait raison. S'il en était autrement, comment expliquer la présence du mannequin à Deyà ?

Cette idée l'atterra. Comment avait-elle été aussi aveugle ? Parce que je suis stupidement et irrémédiablement tombée amoureuse de lui, fut la première réponse qui lui vint à l'esprit.

Bouleversée par sa découverte, elle renonça à rejoindre les autres tout de suite. Elle devait réfléchir, recouvrer son calme...

Elle repéra un promontoire au loin et décida d'en faire le but de sa promenade. De là-haut, elle pourrait contempler la plaine et se reposer quelques instants.

Mais le point de vue s'avéra plus éloigné qu'elle ne l'avait estimé et elle mit presque une heure à y parvenir. Hélas, elle ne fut pas vraiment récompensée de son effort. Un tapis de nuages recouvrait la plaine et la mer. Une petite pluie fine se mit à tomber. Elle frissonna, prenant soudain conscience du temps qui s'était écoulé depuis qu'elle avait quitté les autres sur le plateau. Ils devaient l'attendre, pensa-t-elle avec un vague sentiment de culpabilité. Son retard risquait de les exposer à l'orage. La couleur du ciel lui fit craindre le pire. La pluie était imminente.

Elle jeta un coup d'œil autour d'elle. Par où était-elle arrivée ? Tous ces rochers se ressemblaient et elle avait oublié de prendre des points de repère. Elle crut reconnaître un passage entre deux énormes blocs de pierre et s'y engagea.

Mais, au bout d'un quart d'heure, force lui fut d'admettre la réalité : elle était perdue.

Pas le moindre sentier à l'horizon, constata-t-elle, désespérée. Un vent glacé lui balayait le visage. Il commençait à faire plus sombre. Une peur irraisonnée la gagna, accélérant les battements de son cœur. Elle se mit à dévaler la pente en courant mais, très vite, elle s'aperçut que le sol remontait sous ses pas. Elle rebroussa chemin et décida de grimper à nouveau sur son promontoire. De là, elle parviendrait sans doute mieux à s'orienter...

Un grondement terrifiant l'immobilisa dans sa course : l'orage. Il serait sur elle d'une minute à l'autre. Qu'allaient faire les autres ? L'attendraient-ils ou chercheraient-ils un abri ?

Elle errait depuis bientôt deux heures maintenant. Ils avaient dû partir, l'abandonner. C'était sa faute. Pourquoi n'avait-elle pas suivi les recommandations de Maria...?

Un éclair déchira le ciel, suivi d'un roulement de tonnerre. Elle ne pouvait rester à découvert. Les orages étaient impitoyables en montagne. Terrifiée, Laura s'imaginait déjà foudroyée ou, aveuglée par la pluie et le vent, précipitée en bas des rochers et déchiquetée dans sa chute... Les larmes aux yeux, elle se remit à courir. Il lui fallait absolument trouver un abri où passer la nuit... L'obscurité devenait de plus en plus dense. Le soir tombait vite, fin septembre...

— Laura !

Elle stoppa net. Avait-elle rêvé ? Etait-ce le fruit de son imagination déréglée ?

— Laura !

Mais non ! Quelqu'un l'appelait ! Quelqu'un la

cherchait ! Affolée que l'on puisse ne pas la découvrir, elle mit ses mains en porte-voix et hurla dans le vent :

— Ici ! Je suis ici !

Une silhouette apparut soudain derrière un rocher et se détacha sur le ciel sombre. Un élan de joie et de gratitude la souleva en reconnaissant Philip. Elle se précipita vers lui.

— Cela vous amuse de jouer au « Petit Poucet » ?

Le visage du romancier était déformé par la colère. Des éclairs zébraient le ciel et un vent de tourmente sifflait à leurs oreilles.

— Je... je suis désolée, murmura-t-elle, la gorge serrée.

— Suivez-moi. Nous n'avons pas une minute à perdre.

Puis, se radoucissant :

— Tout va bien ?

— Oui.

— J'ai repéré une grotte non loin d'ici. Nous pourrons nous y abriter.

A peine eut-il prononcé ces mots qu'un craquement assourdissant leur déchira les tympans et qu'un véritable déluge se déversa sur la montagne.

— Où sont les autres ?

Laura devait hurler pour être entendue. Philip la prit par la main et l'obligea à accélérer l'allure.

— Par ici !

Il la poussa dans une anfractuosité et s'y engouffra à sa suite. Toute petite, la grotte avait déjà dû servir d'abri. Des bûches à moitié consumées, des morceaux de charbon de bois éparpillés témoignaient de passages antérieurs. Hors d'haleine, trempés, les jeunes gens se laissèrent tomber à terre. Philip ôta son sac à dos et sa veste.

— Pour répondre à votre question, les autres sont redescendus sous mon ordre. Lorsque j'ai vu John revenir tout seul, j'ai deviné la suite des événements. Je ne voulais pas faire courir de risques au reste de la troupe et je suis parti tout seul à votre recherche. Ne bougez pas, je reviens...

Il sortit. La tourmente l'engloutit aussitôt.

Restée seule, Laura prit brusquement conscience qu'ils allaient passer la nuit ensemble, dans cette grotte exiguë, en tête à tête. Elle frémit à cette pensée puis la chassa résolument de son esprit et entreprit de ramasser des branchages, des feuilles sèches. Elle avait froid. Son chandail était tout mouillé.

Philip revint quelques minutes plus tard, les bras chargés de grosses bûches rugueuses. Il alluma un feu et tendit les mains vers les flammes pour se réchauffer.

— Décidément, lança-t-il, nous avons l'art de nous retrouver dans des situations et des endroits pour le moins inattendus!

— Ce n'était pas prévu...

— Pas par nous, en tout cas...

Qu'insinuait-il? Elle n'osa pas lever les yeux sur lui. Le regard fixé sur la braise, elle frissonna. Son tremblement n'échappa pas à Philip:

— Otez votre chandail.

— C'est inutile. Je me sens très bien.

En fait, elle ne tenait pas à se déshabiller

devant lui. L'intimité de leur situation l'embarrassait terriblement. D'un autre côté, si elle gardait ce vêtement sur elle, elle se réveillerait avec une pneumonie le lendemain matin.

Avec des gestes maladroits, elle fit glisser son pull par-dessus sa tête et l'accrocha à un rocher pour qu'il sèche. Puis, les bras pudiquement croisés sur sa poitrine, elle reprit sa place près du feu.

— Vous avez toujours froid ?

— Oui...

— Il y a un plaid dans mon sac, ainsi qu'un récipient dans lequel nous pourrions faire chauffer un peu d'eau... Elle ne manque pas ! Vous trouverez aussi des sachets de café en poudre. Si votre jean est humide, ôtez-le et enroulez-vous dans la couverture.

Elle lui jeta un coup d'œil soupçonneux. Il poussa un long soupir et leva les yeux au ciel :

— Laura ! Je n'ai pas pour habitude de profiter lâchement des situations ni celle d'abuser de jeunes filles sans défense... bien que vous ne soyez pas aussi désarmée que vous le paraissez. Je tournerai la tête, si c'est ce qui vous ennuie...

Elle rougit et chassa une mèche de cheveux qui lui tombait sur l'œil.

— Je... Vous avez raison. Je suis stupide.

— Nous risquons de trouver la nuit bien longue. Aussi, tâchons de la rendre le plus confortable possible... Vous sentiriez-vous plus détendue si vous étiez avec John ?

Elle répondit avec une franchise qui l'étonna :

— Oui. Mais vous n'êtes pas John.

Comme pour ponctuer sa phrase, un éclair,

suivi d'un coup de tonnerre assourdissant, illumina la nuit. Laura sursauta violemment.

— Non. Je ne suis pas John.

Il rit et tendit la main à l'extérieur pour récupérer son quart. Le récipient débordait d'eau.

— Nous ne mourrons pas de soif !

Il le posa sur le feu puis, avec des gestes sûrs et précis, il prépara un café qu'il lui offrit. Il l'avait additionné d'une bonne rasade de cognac.

— Auriez-vous coutume de secourir les demoiselles en détresse ?

— Pas exactement, mais je dois avouer que la situation n'est pas pour me déplaire. Je ne suis pas un saint, ma chère Laura, et l'idée de me retrouver seul, au fond d'une grotte, avec un ravissant écrivain en herbe, a quelque chose de diablement excitant.

Laura se rembrunit immédiatement. Philip s'en aperçut et un sourire étira ses lèvres sensuelles :

— Ne vous renfrognez pas. C'était un compliment, rien de plus. Comment dois-je me comporter pour vous rassurer ? Faut-il que je me taise ?

Il soupira et, retirant la couverture de son sac, il entoura les épaules de sa compagne.

— Ce n'est pas grand-chose, mais c'est sec...

Laura sourit et commit l'imprudence de lever les yeux vers lui. Le désir qu'elle lut dans ses prunelles lui coupa le souffle.

Il se pencha lentement vers elle pour l'embrasser. Elle frémit. Si elle lui offrait ses lèvres, où s'arrêteraient-ils ? Son trouble et le souvenir du désir qui l'avait embrasée lors de leur première étreinte, la rappelèrent à la réalité.

68

Elle secoua la tête.

— Non, supplia-t-elle.

Une expression de douleur passa sur le visage de Philip. Il ferma les yeux, comme pour faire appel à toute sa volonté.

— C'est bien, Laura. N'ayez pas peur. Allongez-vous maintenant et dormez.

Il soupira avant d'ajouter :

— D'ailleurs, je suis moi-même très fatigué et frigorifié.

Une merveilleuse sensation de sécurité et de bien-être la tira de son sommeil, le lendemain. Où était-elle ? Il lui fallut une bonne minute pour recouvrer ses esprits. Et soudain, les événements de la veille lui revinrent en mémoire. Elle sursauta. Cette douce chaleur qui l'enveloppait toute, elle la devait... au corps de Philip pressé contre le sien.

Laura n'osa plus faire un geste. En dormant, elle avait dû bouger et réveiller Philip qui l'avait prise dans ses bras.

A présent, la tête sur sa large poitrine, elle entendait son cœur battre régulièrement, tranquillement. Dehors, un oiseau chantait et les premières lueurs de l'aube chassaient l'obscurité. L'orage s'était dissipé. Une impression de paix l'envahit. Oh ! si cet instant pouvait durer toujours !

Elle se tourna légèrement, désireuse de contempler le visage de l'homme qu'elle aimait. Mais son mouvement, si discret fût-il, suffit à le réveiller.

— Laura ?

Elle pouvait sentir son souffle dans ses cheveux.

— Oui...

Il la prit doucement dans ses bras et, délicatement, baisa ses lèvres. Pas une seconde elle ne songea à le repousser. Toutes ses craintes, tous ses doutes s'évanouirent instantanément. Elle s'abandonna à son étreinte. Rien ne lui paraissait plus simple, plus naturel que de se laisser aller contre lui, emplie d'une étrange langueur. Leur baiser se fit passionné, exigeant. Leurs lèvres se répondirent avec le même désir, la même soif. Philip gémit et glissa ses mains brûlantes sous la couverture. A ce contact, elle s'embrasa. Brusquement, elle devint la proie d'un feu dévorant. Les caresses de Philip l'entraînaient dans un tourbillon de volupté, lui ouvraient les portes d'un monde de plaisir jusqu'alors inconnu. Pour la première fois de sa vie, Laura eut envie de se donner tout entière, de passer outre aux tabous dressés par son éducation de jeune fille sage, sa pudeur...

A son tour, elle le caressa sous sa chemise, heureuse de sentir sous ses doigts légers ses muscles vigoureux, la toison soyeuse de sa poitrine. Instinctivement, elle cambra les reins, se serrant davantage encore contre son grand corps chaud et ferme.

— Laura, je ne suis qu'un homme...

Il s'était écarté, les pupilles dilatées par le désir, la voix étrangement rauque.

Le souffle court, Laura porta la main à son front, horriblement frustrée. Son cœur battait encore avec force sous le coup de cette flambée de passion inassouvie.

— Désolé, Laura. Vous êtes si jeune! Je ne veux pas profiter de la situation. Et puis, contrairement à ce que vous semblez croire, je ne séduis pas toutes les femmes dont je croise le chemin.

Il s'interrompit et l'enveloppa d'un regard qui en disait long sur la volonté dont il faisait preuve pour lui résister.

— Et pourtant, reprit-il, vous êtes la jeune fille la plus ravissante que j'aie jamais rencontrée.

Il poursuivit d'un ton plus grave :

— Laura, je n'ai pas cherché à provoquer ce qui vient de nous arriver...

— Je sais. Je... moi non plus, souffla-t-elle.

Il hocha doucement la tête :

— Je vous crois... A présent, il est l'heure de partir.

Il rangea leurs affaires dans leurs sacs respectifs. Pourquoi, à l'idée de quitter cet abri, Laura éprouvait-elle une telle tristesse ? Elle se rhabilla en silence, pudiquement cachée sous la couverture.

— Prête ?

Debout devant l'entrée de la grotte, Philip l'attendait. Devina-t-il son désarroi ? Il lui sourit et lui tendit la main avant de dire, l'air complice :

— Nous prendrons notre temps pour rentrer...

Chapitre cinq

Le soir même, Laura arpentait sa chambre de long en large. Elle était encore sous le coup des événements de la nuit, bouleversée par la foule d'émotions, de sensations inconnues qu'ils avaient déclenchée en elle.

Philip prenait une place de plus en plus importante dans sa vie et, lorsqu'elle tentait de lutter en évoquant le souvenir de Bill, elle se heurtait à des images floues, ternes et tristes. Son fiancé lui était devenu étranger, aussi distant émotionnellement que physiquement.

Et pourtant cela ne pouvait pas être, ne devait pas être! Pendant plus d'un an, elle avait construit sa vie autour de Bill, s'était comportée comme sa future femme... Ses parents l'avaient encouragée dans cette voie et Bill le méritait. Il était gentil, délicat et... il l'aimait.

Comment pouvait-elle tout remettre en question pour un homme qui courait de femme en femme, pour un don Juan?

Le matin, en redescendant vers le village, ils avaient rencontré Eric Tabor, Jim et May Donnelly, partis à leur recherche. Philip avait aussitôt enlacé le mannequin et l'avait rassuré, avant de s'en aller avec elle dans la Porsche blanche...

L'image arracha un sourire sarcastique à la

jeune femme et elle donna un coup de pied rageur à ses chaussures de marche.

Quelle folle elle faisait ! Tanner était peut-être un excellent écrivain, mais aussi l'homme le plus vain, le plus arrogant et le plus immoral du monde. Il jouait avec les femmes comme avec des objets de luxe qu'il rejetait une fois son plaisir assouvi.

Mais alors, pourquoi, cette nuit, n'avait-il pas... Pourquoi ses excuses ? Elle repoussa ces questions. A quoi bon se leurrer davantage, se raccrocher à de vagues détails qui ne servaient qu'à entretenir son égarement ? Il fallait mettre un terme à cette aventure. Son avenir était tout tracé...

Pourquoi Bill n'avait-il jamais éveillé en elle ce trouble puissant, ce désir impérieux ? Oh ! Qu'importait à la fin ! L'entente physique n'était pas le ciment essentiel des unions. Il y avait le respect mutuel, l'admiration, la similitude des goûts...

Laura soupira profondément. Pour avoir bonne conscience, elle devait écrire à Bill, lui raconter son désarroi. Elle s'installa à son bureau et commença à noircir les pages. Elle ne nomma pas Philip, mais fit part à son fiancé de ses hésitations, de son trouble. Son séjour à Majorque, prétendait-elle, avait profondément modifié sa façon d'envisager la vie à deux et son attitude face à l'avenir en avait été ébranlée.

Elle lui décrivit Deyà, ses habitants, ses coutumes, et faillit narrer son excursion en montagne. Mais elle se retint à temps. Mieux valait gommer de sa mémoire certains souvenirs...

Pendant les jours qui suivirent, la jeune femme supporta vaillamment les plaisanteries des étudiants sur sa nuit en montagne en compagnie de Tanner. Au fond, elle s'en moquait. Sa défense consista à opposer à ses détracteurs un sourire énigmatique, sans nier ni admettre les rumeurs.

Quant à Philip, il affichait une superbe indifférence. En cours, il agissait exactement comme si elle n'existait pas. Pas un regard, pas un sourire qui aurait pu alimenter les commérages.

Laura en était à la fois reconnaissante et meurtrie. De toute évidence, Philip l'évitait. Et, bien qu'elle s'en félicitât, elle en souffrait cruellement.

Quatre jours après la fameuse nuit, alors qu'elle sortait de sa chambre, elle fut abordée par une étudiante.

— Mademoiselle Downes ? Puis-je vous parler, s'il vous plaît ?

— Bien sûr, Sheila. Entrez...

Que lui voulait la jeune fille ? Laura posa ses livres sur son bureau et attendit que Sheila se décide à parler. Debout sur le seuil, celle-ci tordait nerveusement ses mains en tous sens.

— Asseyez-vous !

Assise très droite sur le rebord de la chaise, Sheila n'osait toujours pas se lancer et tortillait entre ses doigts une mèche de cheveux bruns. Laura insista :

— Que puis-je faire pour vous ?

— Pas grand-chose, je le crains...

— Expliquez-moi d'abord votre problème, nous verrons ensuite si je puis vous être d'un quelconque secours.

Sheila baissa la tête, follement absorbée par le bout de ses chaussures. Son menton se mit à trembler et une larme scintilla au coin de sa paupière.

— Allons, murmura Laura, compatissante. Qu'est-ce qui ne va pas ?

— Je... je suis tombée amoureuse...

Laura eut un haut-le-corps. Amusée, elle regarda Sheila sans comprendre. Devant le désespoir qu'affichait son interlocutrice elle s'était attendue à quelque chose de grave comme la confession d'une malhonnêteté, la découverte d'une maladie, pas l'aveu d'un chagrin d'amour !

— Je vous souhaite de ne jamais rien connaître de pire dans la vie !

— Je suis amoureuse de Philip Tanner...

— Oh !

Le cœur battant, Laura se redressa. A pas lents, elle se dirigea vers la fenêtre et feignit de contempler le paysage pendant quelques secondes. Elle avait besoin de se reprendre avant d'entendre la suite.

— Et lui... vous aime-t-il ?

— Je... je ne sais pas... Par moments, il semble attentionné, prévenant, amoureux et, la fois suivante, il est glacial. Il me donne l'impression d'être la seule femme qui compte pour lui, et, le lendemain, je le rencontre au bras d'une autre... Mais je l'aime et je ne sais pas comment faire... Comment me comporter ?

Sa voix se brisa et elle éclata en sanglots. La tête dans les mains, elle pleura longuement.

Glacée, Laura la contemplait sans pouvoir faire un geste ni prononcer la moindre parole. Quelle attitude adopter ? Rire, pleurer ? Elle avait devant elle la preuve vivante de la fourberie de Philip et elle avait honte. Comment pouvait-elle préférer cet ignoble individu à son fiancé si droit, si sincère ?

— Oh ! Je le trouve tellement beau, tellement séduisant ! balbutiait Sheila, le corps secoué de hoquets.

Voilà ma caricature vivante, songea Laura en cherchant un mouchoir dans son sac. Elle le tendit à son interlocutrice qui la remercia et se moucha bruyamment. Lorsqu'elle redressa enfin la tête, son visage était dévasté par les pleurs.

— Lorsque je l'ai interrogé sur mes poèmes, il n'a pas émis la moindre critique. Au contraire, il m'a félicitée sur la qualité de certains vers. Un groupe d'étudiants nous a rejoints alors et s'est assis à notre table, au café. A ses regards, j'ai compris qu'il regrettait leur présence, qu'il aurait préféré rester seul avec moi. Je l'ai retrouvé à la piscine de l'hôtel Mallorquin. Il semblait d'humeur morose et, visiblement, n'avait pas envie de parler. Probablement devait-il craindre les commérages. J'ai donc tenté de lui faciliter les choses en me rendant dans les endroits où j'avais des chances de le rencontrer à l'abri des regards indiscrets... Un jour, enfin, j'ai fini par lui tomber dessus. C'était devant la villa qu'il a louée. Ce fut merveilleux... Il m'a longuement embrassée... Mais, depuis, c'est le silence... Je ne sais plus ce que je dois penser...

Laura s'assit en face de Sheila, la gorge serrée.

— Vous... vous a-t-il encouragée, d'une façon ou d'une autre ?

— Il... Je lui ai adressé six poèmes d'amour. Il m'a avoué avoir aimé leur sincérité...

— Et quand il vous a embrassée, que vous a-t-il dit, après ?

— Oh ! Je... je ne veux pas en parler !

Elle renifla bruyamment avant d'ajouter :

— Je ne comprends pas... Est-ce à cause de mon inexpérience ? Ou me manque-t-il une qualité essentielle ? En tout cas, lui est passé maître dans l'art de blesser.

— Comment... vous a-t-il blessée ?

— Il est sans cœur... M'embrasser, puis me traiter avec cette cruelle indifférence les jours suivants. Qu'en dites-vous ?

— Rien. Je le connais mal...

— Je crains qu'il n'ait fait marche arrière parce que je suis l'une de ses étudiantes et qu'il se juge trop âgé pour m'aimer. Je suis certaine de lui plaire, mais...

De nouveau, Laura alla s'accouder à la fenêtre. Ce matin-là, la montagne se découpait nettement sur le bleu du ciel par-dessus le clocher de l'église. Une main impitoyable lui broyait le cœur. Elle se tourna vers la jeune fille, prise d'un brusque accès de tristesse :

— Je comprends ce que vous ressentez, Sheila. Comment se comporter avec cet homme imprévisible, dans un pays aussi étrange et déroutant ? Mais qu'attendez-vous de moi, au juste ?

— Vous pourriez peut-être lui parler, mademoiselle Downes ? Lui dire combien je suis malheureuse, lui demander pourquoi il est devenu si distant...

Quelle ironie ! Sheila était suspendue à ses

lèvres, dans l'attente d'une réponse, comme si sa vie en dépendait.

— C'est promis. Je parlerai à M. Tanner.

— La plupart des filles disent qu'il n'a pas de cœur. Elles ont tort, j'en suis sûre. Il doit rester discret. Vous ne croyez pas ?

— Oui, Sheila. Vous avez certainement raison.

— Merci de m'avoir écoutée et de bien vouloir m'aider.

— Il y a de fortes chances pour que mon intervention ne serve à rien, Sheila. Tanner désire peut-être rompre tout lien avec vous. Vous sentez-vous capable d'affronter cette vérité ?

— Vous faites allusion à... à May Donnelly, n'est-ce pas ?

Elle soupira avant de reprendre :

— Je préfère savoir exactement à quoi m'en tenir plutôt que de rester dans pareille incertitude...

— Je verrai ce que je peux faire.

Après le départ de Sheila, Laura reprit son poste à la fenêtre. Comment pourrait-elle parler à Philip des problèmes de Sheila sans avoir l'air d'évoquer ses propres conflits ?

Les jours suivants, à plusieurs reprises, la jeune femme essaya d'approcher Philip. Impossible. Il semblait vouloir éviter tout le monde. Son cours à peine terminé, il se précipitait vers la sortie, sans prêter attention à personne. En revanche, Laura reçut une lettre de Bill. Leurs missives avaient dû se croiser. Les mots écrits par son fiancé s'adressaient à quelqu'un qui n'existait plus, songea Laura. Cette lecture la mit mal à l'aise et elle décida de sortir et de marcher un peu pour se changer les idées.

Le soir tombait. L'air était merveilleusement doux. Laura erra à travers le village silencieux et désert à cette heure. Elle respirait profondément, s'emplissant les poumons des parfums sauvages de la montagne toute proche.

Ce crépuscule avait quelque chose de poignant. Il semblait vouloir l'inviter à participer à cette sérénité qui envahit tous les êtres vivants après une journée bien remplie. Etrangement ce calme ne l'apaisa pas, au contraire. Elle se sentait irrémédiablement frustrée, flouée, malheureuse. La magie de ce pays avait-elle perturbé son âme ? La douceur de la vie à Deyà ne l'inclinait-elle pas à exagérer ses sentiments pour Philip, tout comme Sheila l'avait fait ?

Elle s'assit sur un rocher, au détour d'un chemin qui desservait une oliveraie, et s'abandonna à ses rêveries.

— Encore perdue ?

Elle sursauta. La voix de Philip chantait à ses oreilles, mettait son cœur en fête.

— Simplement perdue dans mes pensées.

Il avança de quelques pas et fut soudain terriblement proche. Ils ne s'étaient pas adressé la parole depuis leur retour de l'excursion.

— Puis-je vous inviter à prendre un café ? J'ai à vous parler.

Elle hésita.

— Auriez-vous peur d'une simple conversation ?

C'était plus un défi qu'une question.

— Bien sûr que non ! D'ailleurs, j'ai des choses à vous dire, moi aussi.

Il lui tendit la main pour l'aider à se relever, mais elle refusa son aide. Elle entendit son rire moqueur s'élever dans la nuit tombante.

— Allons-y !

Ils marchèrent côte à côte sans échanger un mot jusqu'à ce que Philip bifurquât soudain dans une direction inconnue.

— Où m'emmenez-vous ?

— Chez moi...

— J'avais compris que vous m'invitiez à la terrasse du café.

— Nous serons mieux ici.

Non. Elle ne pouvait accepter. C'était de la folie ! Mais, déjà, son envie de prolonger leur tête-à-tête balayait tout. Elle jeta un coup d'œil autour d'elle :

— Pourquoi ce sentiment de culpabilité ? dit-il en surprenant son regard. J'ai déjà invité d'autres étudiants à venir chez moi. Ils n'ont pas eu peur de me suivre...

— Je n'en doute pas.

Le visage de Sheila, baigné de larmes, lui traversa l'esprit. Elle chassa vite cette image et emboîta le pas à Philip...

La pièce de séjour était spacieuse, toute blanche, assez dépouillée, meublée à l'espagnole. Dans la grande cheminée pétillait un feu aux flammes vives et accueillantes. Un bureau en ébène, un tapis marocain noir et blanc, des étagères couvertes de livres et de manuscrits, une machine à écrire... Tel était le décor quotidien de Philip Tanner...

Il l'abandonna pour préparer le café dans la cuisine. Laura s'assit devant le feu, sur un coussin. Elle continua son inspection de la pièce.

La veste de Philip pendait au dossier de sa chaise, derrière son bureau. D'un porte-parapluies dépassaient des raquettes de tennis. C'était une atmosphère bien masculine, en dépit d'un bouquet de fleurs d'orangers posé sur le rebord de la cheminée.

— L'unique touche féminine...

Debout sur le seuil de la cuisine, Philip avait intercepté son regard. Il lui sourit mais elle se détourna. La touche de May Donnelly, rectifia-t-elle intérieurement.

— Un cognac ?

— Non merci.

Petit à petit, un bien-être insidieux l'engourdissait. Dehors, la nuit était tombée et le crépitement des bûches dans la cheminée rythmait les minutes qui, lentement, s'écoulaient. Elle se secoua soudain pour s'arracher à cette traîtresse langueur.

— Pourquoi m'avoir invitée ici ?

Il ne lui répondit pas tout de suite. Sans hâte, il disposa tasses et cuillères sur un grand plateau qu'il posa à même le sol, à côté de Laura.

— Lait ou sucre ?

— Les deux, s'il vous plaît.

Elle lui jeta un coup d'œil en biais. Eluderait-il sa question ? Mais non...

— L'opportunité me semblait excellente. Je l'ai saisie au vol. Nous n'avons pas souvent l'occasion de nous voir sans que des centaines d'yeux soient braqués sur nous.

Elle haussa les épaules et Philip choisit de s'asseoir dans un fauteuil, en face d'elle.

— Et vous, qu'aviez-vous à me dire ?

— Oh! Je voulais vous parler de Sheila Watson.

— Sheila Watson ?

— Oui, l'une de vos étudiantes.

— Je sais, mais pour quelle raison... ? Son travail est des plus médiocres.

— Elle est amoureuse de vous !

— Ah !

Il se rembrunit et avala quelques gorgées de cognac. Lorsqu'il releva enfin la tête, il fixa Laura droit dans les yeux :

— Je n'en suis pas responsable...

— Je n'ai rien prétendu de tel. Elle vous aime et... désire savoir quels sont vos sentiments à son égard.

— Laura, je n'ai pas l'habitude de mentir. Quand une femme me plaît, je le lui dis. C'est ainsi que j'ai agi avec vous, honnêtement. Quant à Sheila Watson, j'ai tout essayé pour lui faire comprendre de me laisser tranquille.

— C'est pour cela que vous lui avez donné un baiser ?

— Un baiser ?

Il semblait sincèrement surpris :

— Elle a prétendu que je l'avais embrassée ? Ecoutez, Laura, je me suis très vite rendu compte de l'attrait que j'exerçais sur cette pauvre fille. Elle me suivait partout comme un petit chien. J'en ai plaisanté avec elle, c'est vrai. Mais rien de plus ! Sheila possède une imagination débordante...

Laura baissa les yeux. Elle jouait machinalement avec sa petite cuillère. Qui croire ?

— La presse n'a pas flatté mon image de marque. Elle m'a fait passer pour un mufle, un macho, un don Juan. Les journalistes racontent n'importe quoi, vous le savez bien. Si je suis venu à Majorque, c'est un peu à cause de cela. Pour mettre une certaine distance entre ces échotiers et ma vie privée. Je suis fatigué de cette réputation. J'ai écrit *Femmes et femelles* à la suite d'une déception sentimentale. Le livre est amer, fielleux même. La presse a fait le reste. Mais je suis sincère avec vous, Laura. Je ne joue pas... Je suis heureux de vous voir, de vous parler. Et si vous m'y autorisez, j'aimerais sortir plus souvent avec vous.

Elle sursauta :

— C'est ridicule ! Et je suis folle de vous avoir suivi jusqu'ici. Folle de vous avoir écouté.

Elle se redressa et chercha fébrilement un endroit où poser sa tasse à café.

— Répondez-moi, Laura.

— Je... Je dois partir.

Mais avec une rapidité étonnante, Philip s'interposa entre elle et la porte :

— Vous n'irez nulle part avant que nous ayons mis certaines choses au point.

— Philip, s'il vous plaît...

Elle n'osait pas le regarder en face. Il avait saisi ses poignets pour l'immobiliser et ce contact l'électrisait, annihilait sa résistance.

— Je ne puis croire que vous m'avez accompagné chez moi dans le seul dessein de me parler de Sheila Watson ! Le collège tout entier sait que Sheila me poursuit de ses assiduités. Vous avez certainement entendu les plaisanteries qui courent à ce propos. Sheila n'était qu'un prétexte. Répondez-moi franchement, pourquoi êtes-vous venue ? J'ai été clair sur les raisons de mon invitation, j'aimerais la même honnêteté de votre part.

— Je...

Oh! Comment lui dire! Quelle excuse invoquer pour ne pas lui avouer son amour? Elle eut envie de lui crier la vérité, de lui déclarer son besoin de le sentir à ses côtés.

Elle s'humecta les lèvres et, s'enfermant dans un silence obstiné, tenta faiblement de se dégager.

— J'ai tout mon temps, Laura. Et vous ne partirez pas avant de m'avoir répondu.

Il se pencha davantage vers elle. A travers la frange de ses cils baissés, elle entrevit le dessin parfait de sa bouche et le sourire sensuel qui flottait sur ses lèvres. L'air se chargea brusquement d'électricité. Elle se raidit, ferma les yeux pour lutter contre la tentation.

— J'aimerais pouvoir vous détester!

— Vraiment?

Oh! Ses mains brûlantes sur sa peau... Ces mêmes mains qui, une nuit, s'étaient glissées sur ses épaules, avaient caressé ses seins...

Elle respira profondément :

— J'ai peur, lança-t-elle d'un trait. Peur de cet attrait physique stupide et déraisonnable! Voilà, maintenant que vous savez, laissez-moi partir.

Une nouvelle fois, elle tenta de se dégager, mais Philip la retint contre lui. Son souffle chaud, rapide, faisait voleter ses cheveux sur ses tempes. Il lui enlaça la taille. Elle ne bougea pas, paralysée.

— Regardez-moi.

Elle leva les yeux vers lui.

— Ni stupide ni déraisonnable. Et inutile de

84

prétendre le contraire, je ne vous croirai pas. Et je vais vous prouver à quel point j'ai raison...

Il effleura ses lèvres dans une caresse aussi légère, subtile que celle du vent tiède de l'été sur une fleur épanouie. Les jambes de Laura ne la portaient plus. Elle gémit et lui offrit sa bouche qu'il prit avec passion.

Abandonnée, vaincue, elle noua ses bras autour de son cou et enfouit ses doigts dans l'épaisse chevelure noire. Son parfum, le contact de sa peau contre la sienne l'exaltaient. Un désir fiévreux irradia tous ses sens.

— Admets-le, Laura... C'est plus fort que toi, plus fort que ta volonté...

Il baisait la naissance de sa gorge, langoureusement, savamment. Les yeux brillants de larmes tant le plaisir qu'il lui prodiguait était intense, elle tenta de protester :

— Non... Je suis fiancée... Bill... Je... Je me suis formellement engagée.

— Ta tête s'est engagée, pas ton corps. Il te trahit et il te trahira encore...

Pour sceller sa prédiction, il l'embrassa de nouveau, longtemps, profondément, à lui couper le souffle.

— Tu ne me fais pas confiance, tu doutes de tes sentiments, tu en as peur. La différence d'âge t'effraie aussi. Tu mets en avant des obstacles matériels comme tes fiançailles avec Bill... mais l'attirance que tu éprouves pour moi est bien réelle, n'est-ce pas ?

Laura chancela. Elle perdait toute notion de temps, de lieu, de réalité. La voix douce et grave de Philip anesthésiait sa volonté. Ses paroles insidieuses renversaient toutes les barrières. Et elle avait une telle faim, une telle soif de lui !

Comme dans un rêve, elle se rendit compte qu'il la soulevait dans ses bras, la déposait sur les coussins, devant la cheminée, s'allongeait à ses côtés...

— Philip, non...

Mais son corps se tendit à la rencontre du sien.

— Tu ne comprends pas que j'éprouve la même attirance, violente, terrible, inexorable ?

Il l'embrassa avec ferveur. Emplie d'une joie sauvage, Laura referma les bras sur lui, le pressant contre elle de toutes ses forces, pendant que sa bouche répondait à son baiser.

— Ma chérie...

Il baisa tendrement ses paupières :

— Reste avec moi. J'ai envie de toi et tu as envie de moi.

Tout en parlant, lentement, avec une science consommée, il libéra ses seins de son soutien-gorge et les caressa jusqu'à ce qu'elle gémisse de plaisir. Dans un ultime sursaut, elle le repoussa :

— Philip, s'il vous plaît... Je ne peux pas.

— Il est trop tard, Laura. Cette fois-ci, je ne suis plus maître de moi. J'ai trop envie, trop besoin de toi.

Un martellement sourd à la porte les arracha à leur ivresse. La jeune femme sursauta. Elle entendit Philip jurer, puis se redresser sur un coude. Elle s'écarta vivement.

— Qui est là ? cria-t-il.

— Chéri, c'est moi, May...

Il se rembrunit et regarda longuement Laura. Elle se passa la main sur le front. Elle avait l'impression de flotter entre le rêve et la réalité, ou plutôt, le cauchemar. Oui... Comme si elle se réveillait après une hypnose. Quelques instants plus tôt, elle se trouvait au bord d'un précipice, prête à s'y jeter...

Maintenant, le précipice était loin et il lui restait du vertige un goût d'amertume et de honte.

Philip poussa un long soupir :

— Ne te fie pas aux apparences, murmura-t-il.

Mais elle se dégagea doucement et à son tour se redressa. D'une main tremblante, elle se rajusta et enfila rapidement son sweater. Philip attendit qu'elle soit prête pour ouvrir.

May entra. A la vue de sa rivale, elle blêmit.

— J'ignorais que tu avais une invitée. Désolée...

Elle entra dans la pièce de séjour d'un pas conquérant, se comportant exactement comme si elle était chez elle. Moulée dans un pantalon corsaire blanc assorti d'un débardeur en maille rouge qui découvrait ses épaules, elle rayonnait de beauté et d'assurance. Comment ne pas l'aimer ? songea amèrement Laura.

— Je te rapporte ton manuscrit. Je viens d'en terminer la lecture. Je l'ai trouvé si merveilleux que je n'ai pu attendre pour te le dire.

Ils se sourirent, complices, et Laura ne put s'empêcher de se sentir horriblement malheureuse. L'entente profonde et spontanée exprimée par ce simple sourire lui déchira le cœur.

May avait sans doute deviné ce qui avait failli arriver. Elle connaissait Philip et lui pardonnait. Elle devait en avoir l'habitude.

Dégrisée, profondément bouleversée, Laura se dirigea vers la porte :

— Bonsoir! lança-t-elle en essayant de parler d'un ton détaché.

Philip tenta de la retenir :

— Nous prenions le café, May, accepterais-tu une tasse avec nous ?

— Bien entendu, chéri.

Laura ouvrit la porte, fermement décidée à ne pas rester une minute de plus dans cette maison. Elle n'avait qu'une envie : celle de s'enfuir en courant.

— Désolée, murmura-t-elle d'une voix mourante. Mais je dois partir...

Elle sourit à May et, après un regard glacial à Philip, s'enfonça dans la nuit.

Chapitre six

Le lendemain, Laura s'enferma dans sa chambre au lieu de se rendre au cours de Philip. Elle se sentait incapable d'affronter le romancier après l'incroyable scène de la veille. Si May n'avait pas surgi au moment crucial, elle se serait donnée à Philip sans la moindre retenue... A cette idée, elle rougit de honte.

Elle chercha à exorciser son chagrin en écrivant. Penchée sur son bureau, elle noircit des pages entières, donnant libre cours à son imagination...

Elle choisit de décrire les états d'âme d'un personnage féminin et ses réactions face au désir, à la peur, à la solitude... Plaquer sur cet être imaginaire ses propres pensées lui redonna du courage et, lorsque enfin elle posa le point final, elle se sentit plus calme et plus lucide.

Au même moment, Susan entra dans la pièce, inquiète de l'absence de son amie aux cours. Laura prétexta un retard important dans le travail de secrétariat que lui avait confié le Pr Johnson, explication que Susan accepta sans protester.

— J'aimerais que tu rencontres Bob. Ce n'est pas un play-boy, mais il est merveilleux.

— Il me tarde de faire sa connaissance.

— Vraiment ? Alors pourquoi avoir tellement

attendu ? Il est à Majorque depuis plus de trois semaines...

Puis, après un clin d'œil :

— Tu sais, cette fois-ci, c'est sérieux. Dès que nos regards se sont croisés, je l'ai reconnu !

— C'est peut-être un peu rapide, non ?

— Mais non ! Bob n'est plus un gamin. C'est un homme mûr. Il me prend au sérieux. Il me comprend si bien !

Laura s'étonna de l'expression rêveuse de Susan. Son amie était souvent tombée amoureuse, mais jamais encore avec cet enthousiasme.

— Méfie-toi ! Tu subis le charme insidieux de la montagne. Tu connais la légende ?

Susan haussa les épaules :

— Comment accorder le moindre crédit à ces balivernes ? Eric Tabor a certainement inventé cette histoire. Une montagne n'a aucun pouvoir et si je suis amoureuse, c'est parce que Bob le mérite.

— Vraiment !

— Viens avec moi et tu pourras en juger. J'ai rendez-vous au café, ce soir.

Laura promit et Susan se leva pour prendre congé.

— Au fait ! lança-t-elle avant de partir. Le Pr Johnson désire te parler. Il t'attend dans son bureau. Il t'a cherchée au restaurant, tout à l'heure.

Susan partie, Laura se demanda pourquoi le Pr Johnson était si anxieux de la voir. Avait-elle commis une faute dans son travail ?

Assis derrière son bureau, le professeur fumait la pipe d'un air préoccupé. Il invita Laura à s'asseoir et s'éclaircit la gorge. Manifestement, il semblait gêné.

— Je ne vous retiendrai pas longtemps, mon petit. Ne vous inquiétez pas ! Ce que j'ai à vous dire ne concerne pas votre travail. Je suis très satisfait de vous.

Il toussota à nouveau. Pourquoi ces hésitations ? songea Laura.

— Hum... Comment aborder le sujet ?... Etes-vous heureuse ici ?

— Parfaitement...

— Et tout va bien avec Bill...

Ce fut à son tour d'hésiter :

— Bien sûr.

— Bien, bien... Bon, il ne sert à rien de tourner autour du pot, n'est-ce pas ? Je désirais vous poser une question. Quelles sont vos relations avec Philip Tanner ?

Au nom de l'écrivain, Laura rougit violemment. Où Johnson voulait-il en venir ? Un instant, elle craignit d'avoir été aperçue, entrant chez Philip.

— Mes... relations avec M. Tanner ?

— Oui. Vous avez raison de fréquenter les membres du collège. Cela fait même partie de vos attributions. Mais Tanner est une personnalité si... particulière. Il n'est pas un simple professeur... Et...

Laura le considéra froidement :

— Et quoi ?

— Je suis vraiment désolé d'avoir à vous préciser ces choses, mais je me sens responsable de vous car vous êtes à la fois mon assistante et l'une de mes étudiantes. Franchement, Philip Tanner a très mauvaise réputation et je serais réellement fâché, si vous aviez des déconvenues à cause de lui. Nous nous comprenons à demi-mot ?

La stupéfaction succéda à la colère et Laura eut toutes les peines du monde à lui répondre.

— Je n'entretiens aucune relation spéciale avec M. Tanner. Et même si tel était le cas, je ne vois pas en quoi cela concernerait le collège.

— Laura, calmez-vous ! Je parle pour votre bien... et pour celui de Bill.

Elle bondit sur ses pieds :

— Inutile d'ajouter quoi que ce soit. Je suis parfaitement capable de prendre soin de moi. Je ne réclame l'aide de personne. Ni la vôtre ni celle de Bill.

— Réfléchissez à notre entretien, mon petit, lorsque vous serez calmée. Nous sommes les invités des villageois et, ici, les mœurs sont moins évoluées qu'aux Etats-Unis. De plus, étant donné que je vous ai choisie comme assistante, votre conduite doit être irréprochable et ne choquer personne.

Le visage sévère, il contourna son bureau et alla ouvrir la porte, signifiant par là que l'entrevue était terminée.

— Merci, professeur.

La voix de la jeune femme était aussi coupante qu'une lame de rasoir. Johnson pinça les lèvres :

— Désolé, mais cette mise au point s'avérait nécessaire.

En proie à un mélange de stupeur et de colère, Laura regagna sa chambre. Le professeur dépassait les limites de ses attributions en s'immisçant dans sa vie privée. Mais d'où tenait-il ses informations ? Qui lui avait rapporté des ragots ?

Philip Tanner était toujours très entouré, particulièrement d'éléments féminins. De plus, Laura s'appliquait à l'éviter en dehors des cours. Alors ? Avait-on brodé autour de leur nuit dans la grotte ? Ou bien, en dépit de ses précautions, quelqu'un l'avait-il vue entrer chez lui à la nuit tombée...

Toute cette histoire la déprimait ! L'attitude du Pr Johnson la décevait profondément. Il se souciait peu de connaître la version de Laura et encore moins de lui infliger à tort des blessures d'amour-propre. Sa seule préoccupation était d'éviter un esclandre. Il tremblait de peur à l'idée qu'un scandale n'éclate entre son assistante et son précieux chargé de conférences. Rien ne devait éclabousser la réputation du collège.

Oh ! Et puis, que lui importaient ces rumeurs ? Quoi qu'elle fasse, son comportement ne changerait rien à la mesquinerie de ses détracteurs. Bill arrivait dans six semaines pour les vacances de Noël. Tout serait rentré dans l'ordre alors et la venue de son fiancé couperait court aux commérages. En attendant, la meilleure politique consistait à demeurer distante, à verrouiller son cœur et à prendre son mal en patience.

Pour se changer les idées, Laura décida de rejoindre Susan au café. A la vue de son amie, Susan se leva et lui fit un signe de la main. Elle était installée avec Bob à une table située un peu en retrait.

D'après les descriptions élogieuses de Susan, Laura s'attendait à découvrir un véritable séducteur. Elle fit la connaissance d'un homme d'une quarantaine d'années, au visage doux, aux yeux rêveurs cachés derrière une paire de lunettes.

Bob Stewart était architecte. Il venait de rénover entièrement l'intérieur d'un grand et vieil hôtel de Palma. Susan le pressa de leur décrire la décoration dans ses plus infimes détails. Pendant qu'il parlait, elle buvait ses paroles, suspendue à ses lèvres, transfigurée par l'amour...

Laura sourit. Jamais encore elle n'avait vu Susan sous ce jour-là, transformée en admiratrice éperdue et béate. Elle écouta poliment Bob, entretint la conversation par quelques questions sur l'architecture et prit congé tout en s'excusant de partir si vite.

— Merci d'être venue, chérie ! déclara Susan en lui adressant un petit signe de la main. A demain !

Il faisait très doux dehors et, malgré l'heure tardive, la rue était remplie de monde. Des étudiants du collège pour la plupart... Laura se frayait un chemin à travers la foule, quand une main s'abattit sur son épaule.

Elle sursauta et fit brusquement volte-face. Philip la regardait intensément :

— Laura, j'ai à vous parler.

— Je n'ai rien à vous dire...

Elle sentit ses doigts se crisper sur son épaule. En réponse à son étreinte, elle leva vers lui des yeux suppliants.

— S'il vous plaît, laissez-moi m'en aller.

Son désarroi l'émut-il ? Il la relâcha aussitôt.

— Demain...

Elle détourna le visage et s'enfuit vers son

hôtel. La poursuivrait-il sans relâche ? Comment faire pour l'éviter ? Devrait-elle renoncer à ses cours ? Oui. C'était probablement la seule solution, même si elle manquait de courage. Mais elle avait deux ennemis à combattre : Philip et son propre cœur...

Un peu plus tard dans la soirée, Susan frappa à sa porte. Elle désirait avoir son avis sur Bob.

— Il a l'air très bien.

— Quel compliment ! J'ai l'impression d'entendre ma mère ! « Bien »... Qu'est-ce que ça veut dire ?

— Rien de plus, rien de moins. J'ai été très surprise de ton choix, Susan. Je m'attendais à rencontrer quelqu'un de très différent.

Susan arqua un sourcil, un éclair de malice au fond des yeux :

— Quelqu'un comme Tanner, par exemple ? Dieu m'en préserve ! J'en ai assez de ce genre d'individu ! Au fait, j'ai l'impression que notre romancier national est fatigué de sa vie de bâton de chaise et qu'il cherche à se ranger. Je doute que May soit le type de femme avec lequel il se fixera... Non. Il lui faut une vraie compagne qui puisse être une interlocutrice et une amie tout à la fois. Pas une gravure de mode froide et impersonnelle.

Laura se détourna.

— J'espère qu'il trouvera, murmura-t-elle.

— A mon avis, il ne demande qu'à être convaincu. C'est un homme comme les autres, tu sais.

— Oh ! oui, je le sais. Et je ne suis pas près de l'oublier...

Le lendemain, Laura décida d'envoyer à Philip la nouvelle qu'elle avait écrite la veille. Refusant de se rendre à son cours — elle tenait à prendre du recul, à garder ses distances tant physiques que morales — elle frappa à la porte de la chambre de Susan. Son amie accepterait-elle de faire parvenir son manuscrit au romancier ?

— Que dois-je lui dire ? demanda Susan.

— Rien, et ne va surtout pas imaginer Dieu sait quoi ! Contente-toi de glisser mon manuscrit dans le tien. Il n'a pas à savoir pourquoi je suis absente et, d'ailleurs, je doute qu'il s'en préoccupe.

— Ne t'en fais pas. J'agirai selon tes instructions. Mais je te préviens. Les hommes finissent toujours par obtenir ce qu'ils veulent. Que vas-tu faire de tes heures de loisir ?

— J'écrirai à Bill et j'irai poster la lettre en me promenant. A tout à l'heure. Et... merci de ne pas me poser de questions.

Devant le bureau de poste du village, Laura aperçut la Porsche de May Donnelly. Elle jeta un coup d'œil à sa montre. Les cours avaient pris fin depuis plus d'une heure. Philip l'accompagnait peut-être ? En un clin d'œil sa décision était prise. Comme elle n'avait nulle envie de rencontrer qui que ce soit, elle se dépêcha de tourner les talons.

— Tiens, Laura ! Vous êtes ici !

Inutile de faire volte-face pour reconnaître la voix de May Donnelly, son timbre haut et clair, ses inflexions sophistiquées...

La jeune femme s'immobilisa.

— J'avais justement l'intention de vous rendre visite...

May se tenait devant elle, un sourire de commande aux lèvres, le regard de glace. Elle passa la main dans ses cheveux platine :

— Je suis ravie de vous voir. Le hasard fait bien les choses... Comment allez-vous ?

— Très bien, mais...

— Asseyons-nous, voulez-vous ?

Elle invita Laura à prendre place sur le banc de pierre à l'ombre d'un tamaris.

— Je n'ai pas besoin de vous dire à quel point j'ai été surprise de vous découvrir chez Philip l'autre soir...

Elle, au moins, ne tournait pas autour du pot pendant des heures comme le Pr Johnson. Elle prit une profonde inspiration.

— Il m'avait invitée à prendre le café.

— Voilà justement le problème. Philip a la désagréable manie d'inviter ses étudiantes à venir discuter chez lui.

— Et vous vous amusez à toutes les interroger ?

— Pas de persiflage, je vous prie. Je parle pour votre bien. Vous faites fausse route si vous imaginez que Philip vous accorde plus d'intérêt qu'à Sheila ou aux autres !

Ainsi, se dit Laura, elle était au courant de ce détail... May soupira et leva les yeux au ciel, comme pour le prendre à témoin :

— En fait, ses cours commencent à l'ennuyer sérieusement. Le collège l'accapare trop. Il a beaucoup de projets, dont certains très importants, en attente. Il vient de terminer un script pour la télévision britannique. Le saviez-vous ?

— Non. Je l'ignorais.

— Evidemment ! Je connais Philip depuis assez longtemps maintenant pour avoir une idée de ses goûts et du style de vie qui lui convient. Pour lui, ce séjour à Deyà a constitué une expérience amusante, des vacances en quelque sorte. De quoi le distraire de ses romans. Lorsque nous partirons, tout ceci deviendra aussi inconséquent que le chapitre oublié d'un vieux livre.

Elle arrangea machinalement un pli de sa jupe de toile beige. Sa main, longue et parfaitement manucurée, ne portait aucun bijou.

« Lorsque nous partirons... » Les mots continuèrent à résonner aux oreilles de Laura.

— Vous et Philip êtes fiancés ?

Sa curiosité avait été plus forte que son désir d'afficher une superbe indifférence.

— Comme vous êtes naïve, ma petite ! Rappelez-vous que nous vivons au XXe siècle et que, de nos jours, une liaison amoureuse ne signifie plus forcément la bague au doigt !

— Non ?

Un court instant, la pensée de Bill traversa son esprit.

— Nous n'avons encore rien annoncé, officiellement. Mais l'endroit n'est guère propice à ce genre de déclaration. Et puis nous ne connaissons personne ici. Tous nos amis sont à New York.

Elle décroisa ses jambes et se leva. Un froid sourire satisfait étira ses lèvres.

— Bien. J'ai été enchantée de notre petite discussion. Je me sens mieux, maintenant que les choses sont claires et je suis persuadée que nous arriverons à nous entendre toutes les deux.

Laura se leva à son tour :

— Je ne sais pas si j'ai bien compris la teneur de votre message, ma chère, mais j'ai l'intime conviction que ma présence ici vous contrarie. Bien plus que vous ne voulez l'avouer...

Sans attendre la réponse de son interlocutrice, elle s'éloigna d'un pas ferme vers la poste.

Ainsi, songea-t-elle avec amertume, May, elle non plus, n'était pas sûre des sentiments de Philip à son égard. Sinon, pourquoi aurait-elle pris la peine de la mettre en garde ?

Chapitre sept

Quelques jours plus tard, Laura se rendit à
Soller. La ville étant située à une vingtaine de
kilomètres de Deyà, elle prit l'autobus. L'anni-
versaire de son père approchait et elle désirait
lui envoyer un cadeau typiquement espagnol.

Pendant plus d'une heure, elle admira les
vitrines sans se presser, goûtant pleinement le
plaisir d'échapper à ses préoccupations. Son
choix s'arrêta sur une ceinture en cuir de Cor-
doue à laquelle elle ajouta une ravissante man-
tille de dentelle blanche pour sa mère.

Après avoir avalé un sandwich et un café
brûlant à la terrasse d'un bistrot, elle s'apprêta à
rentrer. Le dernier autobus pour Deyà partait à
huit heures. Elle s'assit sagement sur un banc et
se mit à feuilleter un magazine en l'attendant.

Un coup de klaxon l'arracha à sa lecture. Elle
leva la tête, étonnée, et croisa le regard amusé de
Philip. Il avait garé sa voiture contre le trottoir
devant elle et lui souriait.

— Je vous raccompagne ?

— Non merci. J'attends l'autobus.

— Ne soyez pas stupide !

Il se pencha pour ouvrir la portière. Elle
hésita.

— Dépêchez-vous, Laura. Vous allez provoquer un embouteillage monstre. Je ne partirai pas sans vous !

Effectivement, Philip bloquait toute une file de voitures. Les chauffeurs, excédés, jouaient de leurs avertisseurs avec insistance. Des commentaires fusèrent de part et d'autre. Ecarlate, à la fois agacée et ravie qu'on lui fasse violence, Laura ramassa ses affaires et se précipita dans la voiture de Philip.

— Trouvez-vous toujours l'argument qu'il faut pour convaincre les gens ?

— Seulement lorsque c'est nécessaire. J'ai appris depuis longtemps à forcer le destin lorsque je désire quelque chose. Les cailles ne tombent jamais toutes rôties du ciel...

Il rit doucement :

— Si vous ne vous offusquez pas d'être comparée à une caille.

— Je m'offusque d'avoir été assez sotte pour m'être laissée intimider.

— Votre résistance commence peut-être à faiblir...

— Ma résistance ? Non... mon bon sens plutôt.

Elle soupira. Philip conduisait vite sur la petite route. Vaguement inquiète, elle se tassa sur son siège. Il s'en aperçut et ralentit aussitôt. Laura lui jeta un coup d'œil reconnaissant. Elle le voyait de profil. Le vent ébouriffait ses cheveux bruns. Sa mâchoire volontaire, son nez aquilin se découpaient sur le paysage qui défilait à toute allure. Il lui parut si beau, si irrésistiblement attirant qu'elle ne put s'empêcher de frémir. Le pouvoir que cet homme avait sur elle l'effrayait.

— Préféreriez-vous être en compagnie de votre fiancé ?

Elle se raidit.

— Et vous avec May ?

— Laura, pourquoi vous battre ainsi contre moi ?

— Je ne me bats pas. En fait, je ne livre bataille que lorsque quelque chose d'important est en jeu.

— Votre vertu ?

— Non. Il y a plus grave que ma vertu. Mon avenir...

— Vous dramatisez !

D'un bras, il entoura les épaules de Laura, ne conduisant plus que d'une main. Ce simple contact l'électrisa. Une flambée de désir embrasa ses sens. Il était si proche.

Elle lutta de toutes ses forces pour ne pas venir nicher sa tête au creux de son cou.

Sans le savoir, il la sauva de la tentation :

— Pourriez-vous taper à la machine pour moi ?

Elle sursauta, décontenancée par sa question :

— Pardon ?

— J'ai besoin d'une dactylo deux heures par jour. Et je suis prêt à la payer grassement.

— Vous me prenez au dépourvu mais... mais non, je ne peux pas.

— Pourquoi pas ? Etes-vous vraiment débordée de travail ou la perspective de m'approcher chaque jour vous effraie-t-elle ?

— Beaucoup d'étudiantes ne demanderaient pas mieux que de travailler pour vous. Je puis mettre une annonce, si vous le désirez.

— Non. Je m'occupe moi-même du recrutement et j'aimerais beaucoup que vous acceptiez ma proposition.

— Ce serait trop...

Elle s'interrompit. Elle venait de buter sur le mot « compromettant ». Ignorait-il les ragots qui couraient sur leur compte ?

— Me cantonnerez-vous toujours dans le personnage de bandit ou de pirate, sans échappatoire possible ? Serions-nous victime d'une malédiction ?

Il plaisantait et, pourtant, sa voix avait des intonations graves, voilées de tristesse.

— J'ai tant de plaisir à vous savoir à mes côtés, Laura, pourquoi refuser ?

Elle ferma les yeux, profondément émue.

— Impossible, Philip. Le Pr Johnson m'a convoquée dans son bureau récemment, pour une mise en garde officielle. Un avertissement qui vous concernait directement.

— Moi ?

Le mot avait claqué comme un fouet. La mâchoire de Philip se durcit. Sans s'en rendre compte il appuya de nouveau sur l'accélérateur.

— Et que vous a raconté ce bon professeur ?

— Il craint que nos rencontres ne provoquent un scandale. La réputation du collège pourrait en souffrir indirectement.

— Que vous a-t-il déclaré encore ?

— Rien. Il m'a... conseillé de vous éviter.

— Pour qui se prend-il ce cher professeur ? Ce genre d'insinuation m'irrite au plus haut point. Il mériterait...

Laura leva la main pour lui couper la parole :

— Ses intentions ne sont pas si condamnables. Il cherche également à me protéger.

— Contre l'immoral et cynique Philip Tanner ?

Elle rougit. La nuit tombante masqua heureusement son trouble aux yeux de son interlocuteur.

— Bien sûr, reprit-il, vous partagez son jugement sur moi.

— Vous vous trompez, sinon je ne serais pas dans cette voiture.

— Vous êtes montée parce que je vous ai pratiquement forcé la main. Vous l'avez avoué tout à l'heure.

Il freina et gara la voiture. Laura prit brusquement conscience qu'ils étaient arrivés à Deyà. Mais Philip avait dépassé son hôtel sans s'y arrêter. Elle reconnut la façade de sa maison. La nuit les enveloppait d'une obscurité complice.

Il coupa le contact et posa les mains sur le volant. Un silence presque palpable s'appesantit sur eux.

Au bout d'une minute qui parut interminable, Philip se tourna vers elle :

— Laura, je n'ai pas changé depuis l'autre soir. Je vous désire toujours autant. Suivez-moi et je vous promets que, cette fois, personne ne viendra nous interrompre.

— Non, Philip. Je n'entrerai pas.

Elle s'étonna du calme de sa voix. Mais sa réponse ne le satisfit pas. Il lui saisit le bras et l'attira rudement contre lui :

— Pourquoi ? Parce que vous redoutez le qu'en-dira-t-on ou parce que vous ne me faites pas confiance ?

Elle tenta de le repousser.

— Je ne sais pas... Je ne vous connais pas assez.

Malgré l'obscurité, elle devinait la colère qui l'habitait. Les larmes aux yeux, elle se mit à trembler.

— Je pourrais essayer de vous faire changer d'avis, dit-il d'une voix rauque, mais ça ne servirait à rien car vous n'êtes pas encore prête à vous assumer, vous, votre désir et l'aboutissement de ce désir.

Il la prenait pour une collégienne attardée ! Dans son cœur, la tristesse céda la place à la colère.

— L'amour ne me fait pas peur, Philip. C'est vous qu'il effraie.

Il sursauta.

— Que voulez-vous dire ?

— Je ne mets pas en cause vos talents amoureux mais ce que je suspecte, c'est votre aptitude à éprouver des sentiments véritables.

— Ah ! Ah ! L'élève donne des leçons à son maître !

Elle haussa tristement les épaules. De nouveau, il se réfugiait derrière son cynisme et ses sarcasmes. Les larmes aux yeux, la gorge serrée, Laura ouvrit la portière.

— Bonne nuit, Philip...

— Inutile que je vous demande la permission de vous raccompagner, n'est-ce pas ?

— Inutile.

Elle s'éloigna d'un pas pressé. Entre eux, des barrières se dressaient, plus infranchissables que jamais...

Le lendemain matin, en se présentant au collège pour y suivre le cours de Philip, Laura se heurta à John.

— Où vas-tu ?

Depuis leur altercation, en montagne, leurs rapports étaient tendus. La jeune femme haussa les épaules :

— Assister au cours, pourquoi ?

— Tu ne sais pas ?

— Non...

— La classe est annulée.

— Pourquoi ?

— Tu n'es vraiment pas au courant ? demanda John en la dévisageant.

Il semblait visiblement étonné.

— Tanner est reparti pour Londres avec May Donnelly. Des contrats en cours, paraît-il... Toujours est-il qu'il nous laisse tomber pendant une semaine !

Stupéfaite, Laura ne put articuler un mot. Elle fit volte-face afin de cacher son trouble et courut dans sa chambre. Elle avait l'impression d'avoir reçu une gifle en plein visage. Cette dernière tromperie la tirerait-elle enfin de son égarement ? Quelle folle elle faisait ! Une fois de plus, elle avait failli le croire, lui faire confiance...

Il lui avait demandé de le suivre, de se donner à lui, alors qu'il savait que le lendemain, à l'aube, il partait pour Londres avec May !

Ses mains tremblaient de rage lorsqu'elle referma la porte de sa chambre derrière elle... Une lettre de Bill l'y attendait. Elle pleura de honte en la décachetant. Elle avait failli rompre ses fiançailles, tromper un honnête garçon pour un goujat !

106

C'était une longue réponse à la missive emplie de doutes et de désarroi qu'elle lui avait expédiée une semaine plus tôt. Bill lui avouait sa profonde émotion et ses regrets de ne pas être auprès d'elle pour la consoler. Lui aussi avait souffert de son départ. Il avait traversé une mauvaise passe mais, à présent, il voyait plus clair et son amour pour elle en était ressorti plus fort encore. Leur séparation avait été une cruelle erreur et ils devaient mettre tout en œuvre, chacun de leur côté, pour préserver leur amour en attendant de se retrouver aux vacances de Noël.

La lettre ressemblait à s'y méprendre à une confession. Bill avait-il connu les mêmes tourments qu'elle ? Si tel était le cas, lui au moins en avait triomphé. Son amour pour Laura en ressortait grandi.

Elle soupira. Elle guérirait elle aussi. Elle oublierait Philip.

Les jours suivants, la jeune femme se plongea dans le travail. Elle courut de son bureau à la bibliothèque, étudiant sans relâche, avec acharnement, prévenant les moindres désirs du Pr Johnson. Elle refusait de penser au retour de Philip. Mais toutes les nuits, son visage la hantait. Son visage, mais aussi ses lèvres, ses mains, son sourire, ses étreintes...

A la fin de la semaine, elle était occupée à relire un rapport lorsque Susan vint la trouver, brandissant une lettre de ses parents.

— Je pense aller passer les vacances de Noël à Londres. Mes parents doivent m'y rejoindre. Ils s'y rendent pour assister à un congrès médical.

— C'est magnifique, Susan ! Tu vas pouvoir en profiter pour leur présenter Bob ?

Susan prit un air songeur :

— Je ne crois pas.

— Que se passe-t-il ? Qu'est devenu ton merveilleux enthousiasme ?

— Bob part dimanche. Je te l'ai déjà dit mais tu ne m'as pas écoutée. En revanche, ce que je ne t'ai pas annoncé, c'est notre rupture.

— Oh, Susan ! Je suis désolée.

— C'est étrange... Nous nous sommes soudain rendu compte que malgré notre plaisir à être ensemble, malgré notre merveilleuse entente intellectuelle, il nous manquait l'essentiel.

— L'essentiel ? s'étonna Laura.

— Oui. L'élément déterminant de l'amour. Ce qui pousse à s'embarquer pour la vie avec un inconnu, sans hésitation.

— Et quel est cet... « élément » ?

Susan haussa les épaules :

— L'étincelle, le déclic, le coup de foudre inexplicable et inattendu qui te jette irrévocablement dans les bras de l'autre sans que tu puisses lutter.

Elle soupira avant de reprendre :

— C'est la vie. Bob et moi ne nous plaisions pas suffisamment sur le plan physique. Et nous ne croyons ni l'un ni l'autre aux mariages de raison. Grâce à lui, cependant, je sais maintenant qu'il existe des hommes qui peuvent me prendre au sérieux, qui me considèrent comme une femme et non comme une gamine.

— Tu continues à le voir ?

— Bien sûr. Nous sommes restés très amis.

— Et toi, reprit Susan. Quoi de neuf de la part de Bill...

Dans un geste empreint de fatalisme, Laura haussa les épaules :

— Oh ! Il va bien. Il travaille aux urgences, ce mois-ci. Il est fatigué...

— D'une certaine façon, il me fait penser à Bob...

— Qui ? Bill ?

— Oui. Même caractère sérieux, solide. Un homme à qui on peut faire confiance. Tu ne trouves pas ?

— Ce qui signifie qu'à ton avis il est plus apte à être un bon copain qu'un amant ?

Susan éclata de rire. Elle brandit un index malicieux sous le nez de son amie.

— C'est toi qui l'as dit... pas moi !

— Tu as sans doute raison. L'étincelle, le déclic...

Un étudiant les interrompit en frappant à la porte. D'une voix essoufflée, il avertit Laura qu'on la demandait au téléphone.

Les genoux tremblants, folle d'espoir, la jeune femme se précipita.

— Allô ?

— Allô...

Elle se laissa tomber sur un fauteuil.

— Laura ?

— C'est toi, Bill ?

Perçut-il sa déception ?

— Oui. Qui attendais-tu ?

— Personne. Je suis surprise par ton appel, c'est tout. Comment vas-tu ?

— Très bien. Ecoute, chérie, j'ai pris une grave décision. Je ne patienterai pas jusqu'à

109

Noël pour te revoir. Je viendrai pour la Toussaint. J'ai réservé mon billet d'avion. J'ai un cadeau pour toi.

— Oh!... Merveilleux... Je ne sais quoi dire, Bill. Tu... tu me prends au dépourvu.

Elle chassa une larme du revers de la main.

— Ecoute, chérie, j'arrive vendredi prochain. Je brûle d'impatience... Et toi? Tout va bien?

— Tout va très bien, Bill.

— Parfait. Dans ce cas, tu pourras rentrer avec moi à New York, n'est-ce pas? Ta lettre m'a fait réfléchir. Il faut mettre un terme à cette absurde séparation.

La décision de Bill la stupéfia. Que lui répondre? Elle prit brusquement conscience que l'idée même de son départ de Deyà lui déchirait le cœur. La gorge serrée, elle fut incapable de parler. Après un bref silence, Bill continua:

— Nous en discuterons à la Toussaint. Tu me manques terriblement, Laura et je veux que tu reviennes...

— Tu me manques aussi, Bill.

— Très bien! A bientôt, chérie.

— A...

Il avait déjà raccroché.

L'étincelle, songea tristement Laura, où était l'étincelle?

Chapitre huit

Lorsque Philip revint, Laura assista à son cours, déterminée à afficher le plus complet détachement. Mais à la vue du romancier, son cœur se contracta. Il avait maigri. Ses yeux cernés accentuaient son air fatigué. Quand leurs regards se croisèrent, elle crut y discerner de la tristesse. L'instant d'après, cependant, il s'était repris et arborait une attitude froide et supérieure.

Il sourit à ses étudiants et consulta quelques notes :

— J'aimerais entendre quelqu'un qui n'a encore jamais lu son manuscrit en classe... Des volontaires ?

Le pouls de Laura s'affola. Elle faisait partie des étudiants visés par Philip. Il le savait. Et, bien sûr, personne ne leva le doigt.

— Laura... le dernier papier que vous m'avez remis par l'intermédiaire de Susan serait intéressant à étudier. Pouvez-vous le lire ?

Plus qu'un ordre, il s'agissait d'un défi. Il lui tendit les feuillets. Elle hésita à peine.

Le récit exposait les relations entre une très jeune femme et une personnalité célèbre. Bien sûr, elle avait exagéré les mauvais côtés du caractère de l'artiste dans le but de faire ressortir le dilemme qui déchirait l'héroïne. C'était la première fois qu'elle écrivait quelque chose qui lui tenait autant à cœur et elle s'était jetée tout entière dans l'histoire. Jamais elle n'aurait pensé avoir à lire son texte devant tout le monde !

Allons, qu'importe ! La nouvelle servirait d'épitaphe à sa folie...

Lorsqu'elle termina sa lecture, l'amphithéâtre était plongé dans un extraordinaire silence. Laura posa doucement les feuillets sur son bureau. On aurait entendu une mouche voler.

— Des commentaires ? demanda Philip.

— Oui ! lança un étudiant.

La tension se brisa d'un seul coup et quelques rires nerveux fusèrent dans la salle. Philip se leva et commença à arpenter les travées entre les bancs.

— J'espère que jamais nous ne rencontrerons cet artiste au détour d'une allée sombre...

De nouveau, des rires. Puis, petit à petit, chacun se détendit et commença à donner son avis sur le travail de Laura. Dans l'ensemble, les commentaires furent plutôt élogieux. A la fin du cours, Philip la retint.

— Eh bien ! J'espère ne pas vous avoir inspiré la psychologie de l'artiste ! Quoi qu'il en soit, mes félicitations. Vous possédez remarquablement vos personnages. L'histoire est excellente.

— Merci.

— Je n'ai pas besoin de remerciements mais d'une dactylo deux heures par jour. J'aimerais que vous acceptiez.

— Non. Impossible.

— Pourquoi ?

Elle soupira :

— Demandez plutôt à May. Je suis certaine

qu'elle se fera un plaisir de vous rendre ce service.

— Elle ne peut pas pour plusieurs raisons. Premièrement, elle ne sait pas taper à la machine...

Il laissa sa phrase en suspens avant de reprendre, un sourire aux lèvres :

— Deuxièmement, elle est à Londres et troisièmement — le plus important à mes yeux — je ne voudrais pas d'elle même si elle était la plus remarquable dactylo de Deyà...

Sa déclaration prit Laura au dépourvu. Sa méfiance en fut ébranlée. Dans son esprit, il ne faisait aucun doute que May était, elle aussi, de retour à Majorque. Elle se ressaisit très vite : le mannequin devait certainement avoir du travail à Londres...

— Ça ne change rien. Trouvez quelqu'un d'autre.

— J'ai besoin d'une personne de confiance, Laura. Quelqu'un capable de maîtriser la langue comme vous le faites, comme votre récit l'a prouvé.

— Vous oubliez la mise en garde du Pr Johnson...

— Je lui ai parlé tout à l'heure, avant le cours. Je doute qu'il vous ennuie de nouveau à ce sujet.

Laura fronça les sourcils :

— Que lui avez-vous dit ?

— Cela restera entre nous. Oubliez cette histoire. Pour en revenir à notre problème, songez au point de vue pécuniaire. Je sais que vous avez besoin d'argent. Aussi, ne refusez pas stupidement.

Elle hésita. Sa proposition la tentait terriblement. Philip lui fournissait tous les prétextes pour accepter et tranquilliser sa conscience.

— Impossible, répéta-t-elle. Bill arrive à la fin de la semaine.

Son aveu tomba comme un couperet. Philip blêmit. Un petit muscle frémit sur sa mâchoire.

— Votre fiancé arrive à Deyà ?

— Il n'est pas encore mon... Oui, finit-elle par répondre.

— Je m'en moque ! Et soyez rassurée : si ma présence vous ennuie, je vous garantis que je vous laisserai seule avec la machine à écrire et mon manuscrit. Est-ce assez loyal ?

Laura étudia son offre en silence. Au bout d'une longue minute, elle leva les yeux vers lui :

— Pouvez-vous me faire une promesse ?

— Laquelle ?

— Vous ne me toucherez pas...

Elle scruta son visage. Ses lèvres se comprimèrent imperceptiblement. Il hocha enfin la tête :

— D'accord, dit-il dans un souffle. C'est promis.

Laura lui jeta un coup d'œil sceptique. Il avait capitulé trop facilement :

— Attention, Philip ! Ne revenez pas sur votre parole. Je ne veux pas tromper Bill et je ne vous fais absolument pas confiance...

— Vous me l'avez assez dit...

Il sourit, un éclair malicieux dansa dans ses prunelles de braise :

— Vous croyez-vous irrésistible, ma chère Laura ?

Sans transition, il ajouta :

— Je vous attends à cinq heures. J'ai pris

beaucoup de retard. En dépit de ce que vous semblez croire, j'ai vraiment besoin de vous...

Sur ces mots, il la quitta sans lui laisser le temps de répondre.

A cinq heures et demie, Laura se présenta chez Philip. Ses mains tremblaient, son cœur battait fort. Elle tenta tant bien que mal de contrôler le trouble qu'elle ressentait à revenir chez lui. Il ouvrit la porte. Sa haute silhouette lui apparut nimbée par la lumière tendre de l'automne. Vêtu d'un jean, d'une chemise blanche largement ouverte sur la poitrine, il arborait un sourire grave, chaud, bouleversant.

La vieille tentation l'assaillit. Elle fut saisie de l'envie folle de se jeter dans ses bras. L'attirance était trop forte, trop grisante, comme le champagne. Mais la jeune femme savait d'expérience que les lendemains de fête avaient un goût amer.

— Entrez. J'ai tout préparé.

Il s'effaça pour la laisser passer. Elle franchit le seuil avec l'impression de prendre une décision irrévocable. Il avait allumé un feu de bois. La machine trônait sur son bureau, entre deux piles de papiers.

— Asseyez-vous... Je désire une frappe impeccable. Voilà le manuscrit. Si vous avez des questions à me poser, je suis à l'étage.

Laura acquiesça. Pourquoi son attitude, froide et impersonnelle, la blessait-elle ? Il agissait selon ses propres instructions... Sans ajouter un mot, il l'abandonna à son travail.

Laura soupira et tenta de se concentrer sur sa tâche. Très vite, la prose de Philip l'absorba. Il écrivait merveilleusement bien. Son style lui ressemblait. Puissant, évocateur, vibrant. Elle travailla avec plaisir, sans voir le temps passer. Quand il redescendit, deux heures plus tard, elle sursauta.

— Je termine cette page et je m'en vais, déclara-t-elle après un coup d'œil à sa montre.

— Parfait. Dites-moi, désirez-vous être payée chaque jour ou préférez-vous attendre d'avoir fini ! Je compte vous donner cent francs de l'heure.

Elle fronça les sourcils. La rémunération était généreuse. Elle ouvrit la bouche pour lui dire que c'était trop, puis se ravisa. Cette discussion l'embarrassait.

— A la fin du manuscrit.

Elle rangea le bureau et enfila sa veste.

— A demain, Philip.

Il ne se dérangea même pas pour la raccompagner jusqu'à la porte. Il lisait, confortablement installé devant le feu de bois. Il leva à peine les yeux pour lui adresser un sourire impersonnel, avant de reprendre son roman :

— Bonsoir, Laura.

Elle se retrouva dans la rue, ne sachant que penser. Une fois de plus, son attitude la déconcertait. Elle s'était inconsciemment attendue à une tentative de séduction de sa part. Mais il avait respecté sa promesse. Le regrettait-elle ? Oui, si elle en jugeait par l'étrange sentiment de vide qui l'habitait.

Pendant trois jours, Philip afficha la même indifférence. Le quatrième jour, elle se présenta chez lui la mort dans l'âme, profondément affectée d'avoir à affronter son air distant et ses remarques laconiques. A peine eut-elle frappé quelques coups discrets que Philip apparut, souriant. Il faisait sauter deux jeux de clés dans sa main.

— Venez. Vous allez conduire ma voiture à Palma. Je dois y conduire celle de May. Elle ne reviendra pas à Majorque et m'a demandé d'embarquer sa Porsche pour New York. Suivez-moi. Nous risquons de nous perdre à Palma et il est déjà tard.

L'idée qu'elle pouvait refuser ne lui traversa même pas l'esprit. Elle était bien trop heureuse de cette trêve. Elle prit le volant de la Fiat et s'engagea derrière lui sur la route de Palma.

Il était déjà tard lorsque Philip émergea enfin du bureau des douanes, après avoir réglé toutes les formalités d'usage et rempli tous les bordereaux. Il l'invita à dîner au restaurant, elle accepta.

Philip l'emmena à la Casa Verde, l'un des meilleurs établissements de l'île.

— Vous avez faim ? demanda-t-il en commandant une bouteille de vin.

— C'est peu de le dire !

Elle lui en voulait. Depuis qu'il était monté dans la voiture à côté d'elle, il ne lui avait pratiquement pas adressé la parole. Pas un geste, pas un regard. Et maintenant, il semblait se débarrasser d'une corvée en la traînant au restaurant.

Sa réponse assez sèche dut trahir son irritation car il souleva un sourcil, à la fois amusé et étonné. Sans autre commentaire, il se détourna et suivit d'un regard appréciateur une ravissante jeune femme brune qui traversait la pièce.

Laura s'agita sur sa chaise, mal à l'aise :

117

— Parlez-moi de votre premier roman. Avez-vous eu des difficultés à le faire publier ?

— Vous vous lancez dans les mondanités à présent ?

— Non. Je suis sincèrement intéressée.

— Vraiment ?

Il la fixa droit dans les yeux et commença à lui raconter ses débuts. Il parlait du bout des lèvres, comme s'il s'adressait à une journaliste ennuyeuse à laquelle il lui était impossible d'échapper. Pendant son récit, son regard glissa une ou deux fois vers la jeune femme qu'il avait repérée en entrant.

Que cherchait-il ? songea Laura. A la rendre jalouse ? Ou bien lui était-elle véritablement devenue totalement indifférente ? Sa résistance de collégienne avait-elle fini par le lasser ?

Elle avala quelques gorgées de rosé glacé. Le serveur leur apporta le dîner ; des *gambas à la plancha* et une paella. Mais l'attitude de Philip lui avait coupé l'appétit et elle mangea du bout des dents.

Lorsque la jeune femme brune se décida enfin à s'en aller, elle passa juste à côté de leur table, comme par hasard. Elle frôla Philip et lui jeta un regard langoureux.

— Ma présence vous gêne peut-être ? commenta Laura avec un sourire désabusé.

— Non. Pas plus que la mienne ne vous gêne à l'égard de Bill. Maintenant, finissez votre assiette...

— Vous me rappelez l'un de vos personnages.

— Seriez-vous en train de vous servir de mon manuscrit comme d'une arme ?

— Absolument pas.

— D'ailleurs, vous ne m'avez pas dit ce que vous en pensiez...

Elle leva des yeux étonnés. Pour la première fois depuis qu'elle travaillait pour lui, il semblait faire cas de son opinion.

— J'ai lu les premiers chapitres seulement. Ils sont excellents. Ce personnage surtout... Il est tellement imprévisible !

— Est-ce un trait de caractère que vous appréciez ?

Les bras croisés, il se renversa contre le dossier de sa chaise, comme pour l'étudier à loisir.

— Oui, dans la fiction. Certainement pas dans la vie...

— Comme je vous comprends ! C'est un défaut insupportable et si courant chez les femmes !

— Chez les femmes ! Vous pouvez parler !

— Parfaitement. Vous, par exemple... Comment savoir si vous êtes une jeune femme innocente ou une fieffée rouée...

— Je ne sais même pas ce que rouée veut dire !

Philip éclata de rire :

— Eh bien ! Si vous êtes innocente, que Dieu protège la population masculine le jour où vous deviendrez rusée...

Elle sourit et désigna la bouteille vide :

— Puis-je avoir un peu de rosé ?

— Désolé, je puis en commander une autre, mais je pense que vous avez assez bu. Vous pourriez m'accuser par la suite de vouloir abuser de votre naïveté. A moins que ce ne soit l'avarice... Choisissez.

— Je ne crois pas que vous soyez avare. J'en veux pour seule preuve le tarif auquel vous rémunérez mes heures de frappe !

— Méfiez-vous... Comment pouvez-vous savoir si je ne déduirai pas la note de ce dîner de votre salaire ?

Il vida son verre et appela le garçon pour régler l'addition. De nouveau, son visage était dur, imperturbable.

— Au fait, Laura, pouvez-vous rester deux heures, demain, afin de rattraper le temps perdu aujourd'hui.

— Bien sûr, répondit-elle sans hésitation.

— Je n'empiète pas sur votre propre travail au moins ?

— Absolument pas... D'ailleurs, la lecture attentive de votre manuscrit me fait progresser. Vous avez une façon si originale de mettre en valeur les détails quotidiens. Votre réalisme est fascinant.

— Merci... Je souhaite avant tout mettre en valeur certains gestes de la vie. Les présenter sous un éclairage particulier. Ils sont le sel de la vie et je veux le faire comprendre à mes lecteurs. Leur apprendre à goûter le plaisir d'une longue promenade, la satisfaction d'un travail bien fait, le bonheur de faire l'amour à sa femme...

Il continua à parler de son manuscrit. « Faire l'amour à sa femme... » Il avait donné cet exemple de la façon la plus naturelle. L'inflexion de sa voix n'avait pas changé et, pourtant, Laura s'était embrasée.

Cette petite phrase la poursuivit jusqu'à ce qu'il la reconduise à son hôtel et bien après qu'il l'eût quittée sans esquisser le moindre geste vers elle.

Le lendemain, Philip l'interrompit dans son travail.

— Pouvez-vous me taper cette lettre, s'il vous plaît ?

— Bientôt, vous allez me demander de faire votre ménage, plaisanta-t-elle.

Il lui offrit une tasse de café et elle le remercia d'un sourire. Il semblait plus détendu.

— Je vous ai avertie que j'avais beaucoup à faire...

Il ranima les braises et jeta une bûche dans la cheminée.

— En est-il toujours ainsi ?

— Quand j'ai du retard, oui. Et à bien y réfléchir... même lorsque je n'en ai pas...

— Eh bien ! La vie d'artiste n'est pas aussi rose que les journalistes le prétendent.

Il rit et ce rire l'émut inexplicablement. Elle avait oublié à quel point il pouvait être chaleureux et communicatif.

— J'allais me préparer un hamburger. Vous en voulez un ?

— Volontiers... Avec tout ce travail, je n'aurai pas le temps d'avaler quoi que ce soit pour le dîner.

Elle lui sourit. Leurs regards se croisèrent. Une onde de chaleur la traversa.

Philip disparut dans la cuisine tandis qu'elle lui tapait sa lettre. Dix minutes plus tard, il revint, les bras chargés d'un grand plateau. Elle le rejoignit au coin du feu.

— Fatiguée ?

— Non, mais j'apprécie cette petite pause...

Elle se laissa tomber sur un coussin et dévora avec plaisir l'en-cas qu'il avait préparé. Ils ne parlaient pas mais pour la première fois depuis longtemps, une atmosphère de tendre complicité s'était établie entre eux.

— Désirez-vous prendre votre journée de demain ?

Elle leva les sourcils d'un air étonné.

— Pourquoi ?

— Votre Bill arrive. L'auriez-vous déjà oublié ?

Prise en faute, Laura rougit.

— Pas avant la fin de l'après-midi.

Mal à l'aise, elle débarrassa les assiettes et rapporta le plateau à la cuisine.

— Laissez cette vaisselle ! La femme de ménage vient demain...

— J'en ai pour une minute.

— Méfiez-vous, chérie. J'ai aussi un panier plein de linge sale !

Elle rit, soulagée qu'il n'insiste pas sur son étrange trou de mémoire.

— Si vous me demandez de le laver, je retourne à ma machine à écrire.

Il passa la main dans ses cheveux et la regarda pensivement finir la vaisselle. Laura surprit son expression tendre mêlée de désir et de tristesse. Ses mains se mirent à trembler.

Dès qu'elle eut terminé, Philip battit en retraite vers l'escalier :

— Tapez encore dix pages et rentrez chez vous.

Il revint deux heures plus tard et posa une enveloppe devant elle. Elle rougit quand elle comprit ce dont il s'agissait.

— Ne rougissez pas, Laura. Vous l'avez bien mérité.

122

— Merci...

Elle enfila sa veste et prit maladroitement l'enveloppe. Philip eut un gentil sourire :

— Vous réagissez comme si cet argent représentait le fruit d'un péché. Vous n'avez pas à vous sentir coupable !

— Je sais, rétorqua Laura. Je ne comprends pas moi-même mon attitude face à...

— L'arrivée de Bill, sans doute.

Elle baissa la tête, incapable de soutenir son regard.

— Sans doute, répéta-t-elle dans un souffle.

— Et... Vous apprécie-t-il, au moins ?

— Que... Que voulez-vous dire ?

Elle se tordait nerveusement les mains.

— Apprécie-t-il l'excellente dactylo que vous êtes...

Il s'interrompit, l'air franchement amusé, avant de reprendre, en ouvrant la porte :

— Que pourrais-je dire d'autre ?

Chapitre neuf

Bill Lawrence apparut derrière la barrière des douanes. Il lui adressa un signe de la main et lui sourit de toutes ses dents. Ses cheveux blonds bouclaient autour de son visage avenant et franc. Il portait un costume bleu, une chemise blanche au col négligemment ouvert et pas de cravate. Outre sa grosse valise, il tenait à la main un cartable gonflé de livres. Laura présuma qu'il s'agissait d'ouvrages médicaux. Bill détestait l'inactivité.

Quand il fut près d'elle enfin, elle comprit la nature exacte de son excitation : elle avait peur. Bill lui était devenu complètement indifférent.

— Quel pays ! s'exclama-t-il en déposant un rapide baiser sur sa joue. Juste ce dont j'avais besoin après trois longs mois à l'hôpital de Brookhaven !

Il soupira :

— Mon vol a été épouvantable. Mais je sais que je peux te faire confiance pour avoir organisé au mieux mon séjour.

Laura le rassura. Elle avait réservé une chambre qui lui plairait à la Villa Rojo : pas chère, propre, avec une jolie vue sur le village.

— Je te reconnais bien là, ma chérie ! Et qu'as-tu prévu comme programme pour nous deux ?

— Nous sommes invités demain soir à dîner chez le Pr Johnson.

— Parfait. Je serai ravi de revoir le professeur et sa femme, et de faire la connaissance de tes nouveaux collègues.

Pendant le trajet, Bill lui raconta avec volubilité ses différents projets d'avancement.

— Le Dr Jones doit partir en retraite dans deux ans. Il aimerait que je reprenne sa clientèle. L'offre est alléchante mais j'aimerais me consacrer à la recherche pendant quelques années encore. Qu'en penses-tu ?

Que lui dire ? Laura éprouvait les plus grandes difficultés à se sentir concernée par les propos de Bill.

— Fais ce qui sera le mieux pour ta carrière.

— Tu as raison, chérie...

Il lui sourit d'un air radieux.

— Je suis tellement heureux de te revoir.

— Moi aussi.

Elle lui retourna son sourire. Jamais paroles n'avaient eu plus de mal à franchir sa gorge.

La jeune femme le conduisit directement à son hôtel. Il était fatigué et souhaitait se doucher et dormir un peu. Dans la voiture, il lui prit la main :

— Ce n'est pas un endroit très propice aux embrassades, murmura-t-il en lui caressant la joue.

— C'est vrai...

Elle hésita. Bill s'attendait-il à ce qu'elle se blottisse dans ses bras ? Comme elle ne bougeait pas, il l'attira contre lui et l'embrassa longuement, tendrement. Elle se dégagea vivement.

— Mais, chère mademoiselle, je suis votre

fiancé, ne l'oubliez pas, murmura-t-il en fronçant les sourcils.

— Désolée... Je me sens tout intimidée. Je ne sais pas pourquoi...

— C'est normal. La séparation a été trop longue. Nous devons nous réhabituer l'un à l'autre...

— Je... Bill...

Laura bégaya. Comment lui exposer l'étrangeté de ses sentiments sans lui en donner la raison véritable ?

— Il y a quelque chose dont je voudrais te parler. C'est...

Bill l'interrompit avec fermeté.

— Tu n'as rien à m'avouer. Ton départ pour Majorque est une regrettable erreur. Je l'ai compris en lisant tes lettres. Tu t'es éloignée de moi, n'est-ce pas ?

Doucement, Laura s'écarta de lui. Elle s'adossa à la portière de la voiture.

— Oui...

— C'est normal après une absence de trois mois. Et de plus, chérie, ce séjour t'a perturbée. J'aimerais que tu rentres à la fin de ce trimestre...

Elle eut un imperceptible mouvement de recul.

— Pour les vacances de Noël ?

— Oui. Le poste de secrétaire médicale t'attend toujours. Ainsi, nous travaillerons ensemble à l'hôpital et cela nous permettra de rattraper le temps perdu. Qu'en dis-tu ?

— C'est... C'est tellement soudain.

Bill fronça les sourcils :

— Tu veux que nous soyons ensemble, oui ou non ?

— Bien sûr, Bill...

— Ma décision peut paraître un peu brutale, j'en conviens, mais la réussite de notre couple en dépend. Tu m'as terriblement manqué. Je ne supporterai plus de te savoir si loin... J'en ai été perturbé jusque dans mon travail !

Il eut un petit rire nerveux et Laura se détourna. Le regard absent, elle fixa distraitement un point sur le pare-brise :

— Pourtant, j'aimerais réfléchir à cette solution si tu le permets. Il y a à peine une heure que tu es à Deyà !

— Et c'est comme si nous recommencions tout à zéro !

Elle leva vers lui des yeux tristes :

— Crois-moi, j'en suis désolée, Bill.

— Allons ! Nous sommes fatigués tous les deux... L'excitation, la nervosité, le décalage horaire... Laissons passer vingt-quatre heures. Bonsoir, mon cœur.

Il lui caressa la joue du bout de l'index et poussa un profond soupir :

— Ne t'inquiète pas. Demain, nous verrons les choses plus sainement...

— Bonne nuit, Bill. Repose-toi bien...

Le lendemain soir, Laura se prépara soigneusement pour assister au dîner des Johnson. La journée s'était déroulée le plus agréablement du monde. Bill et elle s'étaient longuement promenés dans le village et les oliveraies environnantes. Ni l'un ni l'autre n'avaient soulevé le sujet crucial qui les préoccupait.

Elle enfila une robe toute simple, en jersey rouge, soulignée à la taille par une ceinture marine, assortie à ses escarpins. Elle se rendait à cette soirée sans enthousiasme et redoutait par-dessus tout une rencontre entre Philip et Bill.

Dès son arrivée, elle fut soulagée en constatant l'absence de Philip. Parmi les invités présents, il y avait Maria et Eric Tabor, Elena Marvin et le professeur d'espagnol, Jorge Miguelo.

Johnson leur présenta Bill comme le fiancé officiel de Laura et tout le monde se rendit dans le patio pour l'apéritif.

Assise dans une chaise longue, Laura essayait de se détendre tandis que Bill s'engageait dans une discussion animée avec les Tabor. Johnson et Jorge ne tardèrent pas à se joindre à eux. De sa place, Laura apercevait la rue étroite qui mon-tait au café. Combien de fois l'avait-elle emprun-tée, insouciante et heureuse en compagnie de Susan et d'autres étudiants ?

Elle soupira. Elle aimait Deyà et imaginait difficilement son prochain départ. Soudain, elle sursauta. Au loin, descendant vers la maison d'une démarche vive et alerte, elle reconnut Philip. Une main dans la poche de son pantalon, la veste négligemment jetée sur son épaule, il lui parut plus grand, plus beau que d'habitude. La lumière rasante du soir, sans doute. Les batte-ments de son cœur s'accélérèrent.

— N'est-ce pas, chérie ?

Laura tressaillit. Un sourire aux lèvres, Bill attendait son assentiment.

— Pardon ? Désolée, mais je n'ai pas entendu ta dernière remarque.

128

— J'avertissais le Pr Johnson de ton prochain départ.

— Ah !

Prise au dépourvu, la jeune femme se mordit la lèvre. Le regard du professeur pesait sur elle. Elle rougit. Il semblait vraiment contrarié.

— Laura... Vous ne m'avez rien dit.

— Je... nous... nous n'avons encore rien décidé.

Philip venait d'entrer. Elle le regarda, pétrifiée. Bill continua, inconscient de son embarras.

— Elle m'a cruellement manqué et la compagnie des cadavres et des bactéries n'est pas vraiment une consolation. Si elle accepte le poste de secrétaire médicale qu'on lui propose, nous aurons la possibilité de nous voir toute la journée.

— Allez-vous vraiment abandonner l'écriture, Laura ? On m'a fait sur vous des critiques élogieuses.

Bill intervint, sans attendre la réponse de Laura.

— Lorsque j'aurai terminé mon internat et que je pourrai lui offrir une vie décente, ma femme aura tout loisir de se consacrer à son passe-temps favori.

La jeune femme ne broncha pas. L'arrivée de Philip, son sourire moqueur, le regard ironique qu'il attachait sur Bill la paralysaient. Elle le vit faire un pas vers son fiancé et lui tendre la main :

— Seriez-vous le jeune interne venu guérir Laura de ses malaises ?

— Parfaitement... Bill Lawrence. Et vous

devez être Philip Tanner. Je n'ai rien lu de vous, mais votre réputation n'est plus à faire.

— Je suis flatté... Etes-vous content d'être à Deyà ?

— Ravi ! Mais je viens à peine d'arriver...

Il s'assit dans le canapé :

— Que nous suggérez-vous de faire, Laura et moi, pendant mon séjour ici ?

Philip eut un sourire narquois. Laura serra son verre à le briser.

— Il m'est difficile de répondre à cette question... A moins que vous n'aimiez les excursions en montagne ? Qu'en pensez-vous, Laura ? Pardonnez-moi, ma chère, mais je ne vous ai pas encore demandé de vos nouvelles. Comment allez-vous ?

— A merveille.

Elle n'osa pas le regarder. Pour se donner une contenance, elle fit tinter les glaçons dans son verre.

— Remise de votre indisposition ?

Cette fois-ci, il exagérait ! Elle le fusilla du regard. Bill fronça les sourcils :

— Tu as été malade, chérie ? Tu ne m'en as rien dit...

— Rien de grave, rassure-toi, et ton arrivée a fini de me remettre définitivement sur pied.

— Tu es un peu pâle, il est vrai. Le changement de climat peut-être ? Celui de Deyà ne doit pas te convenir...

— Le climat ou autre chose, railla Philip.

Dieu merci ! le cuisinier sauva la situation en les invitant à passer à table. Dès que chacun fut installé, le professeur déboucha une bouteille de champagne.

— J'aimerais porter un toast, proposa brusquement Philip.

Laura se figea, les nerfs à vif. Qu'allait-il encore inventer ?

— A l'amour... Puissions-nous tous le trouver et, plus important, le reconnaître quand nous l'aurons découvert...

Un lourd silence accueillit ces paroles. Pour détendre l'atmosphère, Johnson lança brusquement :

— A Laura ! Son départ nous affecte tous profondément.

Philip contempla fixement la jeune femme. Elle frissonna tant son regard était glacé.

— Le rythme de vie à Deyà vous épuiserait-il ?

Elle ignora le sarcasme :

— Bill désire me voir rentrer aux Etats-Unis.

— Je le comprends sans peine ! Laura n'est pas le genre de femme à pouvoir être impunément livrée à elle-même. Elle possède un côté fantasque et imprévisible qu'il vaut mieux contrôler.

Bill sourit gentiment :

— Ce n'est pas ça... Elle me manque trop, voilà tout. Et elle gagnera mieux sa vie à New York.

— Vous avez raison. Après tout, elle a eu l'occasion de faire ses preuves en tant qu'écrivain et il est temps pour elle de fonder un foyer...

— Oh ! Elle pourra continuer à écrire dans quelques années. Elle a gagné un prix littéraire à Darrow, vous savez !

— Je sais... Mais avez-vous lu les nouvelles qu'elle a écrites ici ?

— Non, je n'en ai pas eu le temps. Est-ce bon ?

— Excellent. Notamment, l'essai qu'elle a rédigé sur les rapports entre un artiste et une jeune femme... Merveilleusement bien romancé. Ça n'avait rien à voir avec la réalité, mais le style était parfait...

— Vraiment ?

Rêvait-elle ? La voix de Bill semblait perdre de sa légèreté. Commençait-il à deviner que chaque phrase de Philip cachait un sous-entendu ? Il ajouta, avec un sourire forcé :

— J'aimerais le lire...

— Vous aurez tout le temps de le faire lorsque vous serez de retour aux Etats-Unis, répliqua Philip. D'ailleurs, c'est probablement le dernier récit qu'écrira Laura...

Pour la deuxième fois de la soirée, les mots de Philip s'égrenèrent, lourds d'allusions, dans un silence de mort. Interloqués, les invités assistaient à cet échange, abasourdis... Pour détendre l'atmosphère à couper au couteau qui régnait dans la salle à manger, Eric Tabor tenta une diversion :

— Avez-vous déjà entrepris des excursions, Bill ? Deyà est réputé pour ses possibilités de promenades...

Les yeux de Philip étincelèrent.

— Oh oui ! intervint-il avant que Bill ait pu répondre. Grimpez dans la montagne. Si vous avez de la chance, il peut vous arriver des événements miraculeux.

— Vraiment ?

— Oui. Ma dernière promenade a bouleversé ma vie entière.

Tous les regards se braquèrent d'un seul coup sur Laura. Elle rougit jusqu'à la racine des cheveux. Jamais elle ne s'était sentie aussi mal. Elle repoussa doucement son verre et se leva, tandis que Mme Johnson se lançait dans un interrogatoire serré sur la vie à l'hôpital. Bill s'empressa de satisfaire sa curiosité.

Laura quitta la salle à manger pour gagner le patio. Dehors, elle respira profondément. Philip s'était montré odieux et elle le détestait pour sa cruauté. Pourquoi agissait-il de la sorte ?

— Je vous dois des excuses pour ma conduite...

Philip ! Elle sursauta, ne l'ayant pas entendu venir. Il émergea de la nuit comme un fantôme. Le patio n'était pas éclairé et elle en fut heureuse : il ne pourrait pas lire sur son visage l'étendue de son désarroi.

— Je n'ai jamais auparavant ressenti les affres de la jalousie. Pardon, mais j'ai été incapable de me contrôler...

Elle ne lui répondit pas. Les yeux brillants de larmes, elle fixait le ciel qui scintillait d'étoiles.

— Bill est un garçon très bien, continua Philip d'une voix douce. Il fera un excellent mari... mais pas pour vous...

Elle crispa les doigts sur son mouchoir :

— Et pourquoi pas pour moi ?

— Parce que vous ne l'aimez pas.

Sa voix trembla quand elle lui demanda :

— En quoi cela vous concerne-t-il ?

Il hésita. Elle devina sa grimace.

— Vous avez raison. Cela ne me regarde pas. Je n'ai pas le droit de m'interposer...

— Alors ne le faites pas.

La porte de la salle à manger s'ouvrit, dessinant un carré de lumière sur les dalles du patio. Laura se retourna. Bill s'avança vers eux.

— Laura, tu es dehors depuis assez longtemps, tu ne crois pas ? Peux-tu m'expliquer pourquoi tu as quitté la salle à manger ?

Il s'était arrêté à un mètre d'elle, les poings enfoncés dans ses poches.

— Plus tard, Bill, je t'en prie.

— Pourquoi ? Que fais-tu dans ce patio avec ce type ?

— Elle est dans ce patio avec ce type parce que ce type l'y a suivie, annonça brusquement Philip.

Sa voix vibrait de colère. Il y eut une interminable seconde de silence. Laura eut peur que les deux hommes n'en viennent aux mains. Mais, brusquement, Philip parut se raviser. Il changea d'un seul coup de comportement :

— Désolé, Bill. Je m'en vais... J'ai été ravi de faire votre connaissance. J'espère que vous passerez un excellent séjour à Deyà. Bonsoir, Laura.

Il inclina légèrement la tête et disparut. Laura entendit la porte d'entrée claquer derrière lui. Son cœur se serra.

— Que signifie toute cette comédie ? demanda Bill.

L'arrivée du Pr Johnson la dispensa de répondre :

— Philip nous a quittés ? Où est-il allé ?

— Je n'en sais rien. Il est sorti sans nous en informer, fit Bill, perplexe.

— Eh bien, bon débarras ! Cet écrivain est par trop capricieux et impulsif. Rentrons. Nous vous attendons pour le café et le dessert.

— Laura ?

Bill lui prit le bras et l'entraîna vers la salle à manger. Elle le suivit à contrecœur, avec l'impression d'être irrévocablement prisonnière de son destin.

Ils quittèrent les Johnson une heure plus tard et marchèrent en silence jusqu'à l'hôtel Villa Rojo. Un vent tiède et parfumé soufflait de la montagne.

— Tu m'en veux pour une raison précise, Laura ?

Bill avait rompu le premier leur mutisme.

— Oui, un peu. Tu n'aurais pas dû annoncer que je quittais Deyà. Je t'ai dit, hier, que je voulais y réfléchir.

— Je sais, chérie. Mais, chez les Johnson, j'ai acquis la certitude qu'il était indispensable que tu rentres. Cette séparation nous a déjà fait assez de mal. Il ne sert à rien de la prolonger davantage.

— Bill... Je dois t'expliquer ce qui s'est passé depuis...

— Ecoute-moi d'abord. J'ai quelque chose de très important à te dire.

Il plongea la main dans la poche de sa veste et en sortit une petite boîte qu'il tendit à sa compagne.

— Je désire t'épouser, Laura. Le plus tôt possible.

Tout doucement, la jeune femme ouvrit l'écrin. Elle en devinait le contenu, mais elle espérait encore se tromper. Les mains tremblantes, elle contempla le diamant qui brillait de tous ses feux.

— Nous voilà officiellement fiancés et j'aimerais que nous puissions nous marier en juin. Tu n'as plus aucune raison de rester ici. Dès que nous serons rentrés aux Etats-Unis, nous pourrons nous occuper de l'organisation de notre mariage.

Tandis que Bill parlait, une étrange impression de froid s'empara d'elle. Elle avait entre les mains une bague qui ne signifiait rien pour elle, discutait avec un homme qu'elle n'aimait pas... Soudain elle prit conscience qu'elle ne pouvait plus retarder le moment de lui avouer la vérité : jamais elle ne se résoudrait à l'épouser.

— Il te plaît ? s'inquiéta Bill en désignant la pierre toujours blottie sur son écrin de velours.

— Ecoute-moi, Bill. Je... je ne peux pas me marier avec toi.

Il écarquilla des yeux stupéfaits.

— Que... Que dis-tu ?

— Je t'aime bien et je te respecte. Nous avons eu des moments merveilleux et... je te considérerai toujours comme un ami exceptionnel mais... je ne serai jamais ta femme.

— Pourquoi ?

Et voilà ! Il se mettait en colère !

— J'ai fait sept mille kilomètres pour te voir, pour t'offrir une bague qui m'a en partie ruiné, et tu me renvoies comme un chien dans sa niche !

— Je sais. Ma décision peut te sembler brusque et déraisonnable mais je ne veux pas rentrer aux Etats-Unis. J'ai changé, Bill.

— Ce changement a-t-il un rapport avec Philip Tanner ?

— Je... Je ne sais pas.

— Tu ne sais pas !

Bill explosa :

— Tu te moques de moi ?

— Non. Mes sentiments à l'égard de Tanner sont si difficiles à expliquer. Sincèrement, je les crois étrangers à ma décision. Je ne suis sûre de rien si ce n'est que je ne veux pas t'épouser...

— Tu commets la plus lourde erreur de ta vie, Laura !

— Bill, s'il te plaît ! Te mettre dans cet état ne me fera pas changer d'avis !

— Je vais aller voir ce Philip Tanner et lui faire reconnaître qu'il s'est moqué de toi, qu'il ne t'aime pas. Peut-être alors retrouveras-tu ton bon sens...

— Non, Bill. Quoi que dise Philip, je ne reviendrai pas sur ma décision. Je suis...

— Tais-toi ! hurla Bill.

Il lui lâcha le bras et se précipita vers son hôtel.

Laura resta un long moment immobile, seule dans la nuit. Puis elle retourna à pas lents vers son auberge.

Elle venait de repousser un homme qui l'aimait sincèrement, qui l'aimait depuis toujours, pour un individu qui la méprisait, qui se jouait d'elle ; mais que faire ?

C'était lui qu'elle aimait et elle ne voulait pas réfléchir aux conséquences...

Chapitre dix

Lorsque Bill s'envola pour les Etats-Unis, Laura le vit partir sans regrets ni remords. Plus les heures passaient, plus son amour pour Philip s'intensifiait.

En sortant de son bureau, elle aperçut sa voiture garée dans la rue. Il l'attendait :

— Montez... Je vous emmène faire un tour.

— Je ne sais pas si l'idée est excellente. Vous avez l'air d'une humeur massacrante.

Elle ne s'en installa pas moins à ses côtés sans l'ombre d'une hésitation. Elle ne l'avait pas revu depuis la soirée chez les Johnson. Il avait suspendu ses cours pendant une semaine, prétextant la remise imminente de son manuscrit et les corrections qu'elle entraînait.

Il mit le contact et démarra.

— Où me conduisez-vous ?

— A Pollensa. La plage y est magnifique et les boutiques vous plairont.

Puis, sans transition :

— Où en sont vos relations avec Bill ?

— Au point mort, répondit-elle sans émotion. J'ai bien peur que nous ne parvenions pas à rester amis.

— J'espère que vous n'avez pas rompu à cause de moi. Vous savez, je ne suis pas du genre à épouser qui que ce soit.

138

— N'ayez pas peur ! Si j'ai rompu, c'est parce que j'ai pris conscience de mes sentiments à son égard. Je l'aime bien mais pas assez pour me marier avec lui. C'est aussi simple que ça et vous n'avez rien à y voir. Si vous voulez être tout à fait rassuré, sachez que je n'attends rien de vous. Ralentissez s'il vous plaît, vous allez beaucoup trop vite.

Il rétrograda et leva le pied de l'accélérateur.

— De quel droit êtes-vous en colère contre moi ? demanda-t-elle. Je n'ai pas mérité le régime de douches écossaises auquel vous m'astreignez. Tantôt vous vous montrez glacial et distant, tantôt vous m'insultez. Je n'y comprends plus rien !

Il lui jeta un rapide coup d'œil :

— J'ai très envie de vous secouer comme un prunier !

— Je crois que je préférerais encore ce traitement !

Philip soupira profondément :

— Excusez-moi, Laura, mais, pour la première fois de ma vie, je ne parviens pas à résoudre un problème...

— Quel est-il ?

— Mon impresario m'a décroché un contrat en or que j'attends depuis plusieurs années. Je dois partir m'installer à Los Angeles à la fin du mois.

Laura sentit sa gorge se contracter.

— C'est ce qui vous ennuie ?

— En partie. Car, d'ici trois semaines, je dois décider de ce que je fais de ma dactylo...

Elle crispa les doigts sur l'anse de son sac.

— Qu'aimeriez-vous faire d'elle ?

Un sourire triste se dessina sur ses lèvres :

— Elle n'a pas encore à le savoir.

Sur ses mots, il arrêta la voiture au bord de la route. A cet endroit, elle surplombait la mer. La vue était à couper le souffle. Mais la jeune femme n'en avait cure. Elle contempla longuement le visage de Philip, la perfection de son profil, la courbe sensuelle de ses lèvres.

A son tour, il la regarda.

— Qu'attendez-vous de moi, Laura ?

— Je...

Sa réponse avait jailli, spontanée. Elle prit une profonde inspiration avant d'ajouter :

— Je vous aime, Philip.

Il l'examina longuement et détourna la tête. Pas un muscle de son visage n'avait tressailli à son aveu.

— Je dois perdre la raison...

Il rit sans joie.

— Et que désirez-vous d'autre, Laura ?

— Je... Rien... Si, j'aimerais que cette guerre des nerfs prenne fin.

Philip soupira et, sans un mot, remit le contact. La voiture démarra dans un hurlement de pneus. En chemin, il se souvint brusquement de sa prière et ralentit.

— Vous avez des idées fausses de l'amour, Laura. Des conceptions puisées dans les livres ou dans les contes de fées. Vous pensiez aimer Bill et, à présent, vous croyez m'aimer moi. Comment vous faire confiance ? Vous ne savez pas ce que vous voulez.

— Je sais seulement que je vous aime, vous et personne d'autre. Je désire de toutes mes forces être auprès de vous, vous parler, vous toucher.

J'ai été horriblement malheureuse lorsque vous êtes parti pour Londres avec May! A l'instant même où j'ai revu Bill, j'ai compris que je ne l'aimais pas, que je ne l'avais jamais aimé. Et pourtant, j'ai lutté de toutes mes forces pour ne pas succomber à l'attirance qui me poussait vers vous. Mais ce sentiment est plus fort que tout, quoi que vous en pensiez.

— Laura, si je vous prenais au mot, vous seriez prisonnière. Je ne reviendrai pas en arrière. Je ne veux pas me tromper. Je ne supporterai pas que vous vous amusiez de moi ou que vous changiez brusquement d'avis comme avec Bill. Je vous rendrais la vie impossible, bien plus que vous ne pouvez l'imaginer. Je ne joue pas à aimer, Laura et quand j'aime, je suis terriblement intransigeant, jaloux. Le jour où vous serez mienne, vous le serez entièrement, définitivement.

Un sourire ironique se dessina sur ses lèvres :

— Vous n'aurez d'autre choix que de l'accepter et moi avec, comme je suis...

— Et May?

Son cœur s'accéléra.

— May? Je n'ai jamais été amoureux de May. Nous nous sommes rencontrés à New York, au cours d'une soirée, et je l'ai ramenée chez moi, par désœuvrement, parce qu'elle était belle, consentante et que j'étais seul. Je pensais ne plus jamais la revoir et j'ai été le premier surpris de la retrouver à Deyà. Je ne l'ai pas touchée depuis cette fameuse nuit. Nous n'avons rien en commun. C'est pourquoi d'ailleurs j'ai subitement décidé de la raccompagner à Londres où elle est au mieux avec un homme d'affaires très important, un producteur. Il saura lui tracer un avenir à sa mesure.

Il se tut et se passa la main dans les cheveux. Il roulait très lentement, maintenant.

— Pas de questions, Laura ?

Elle soupira. Elle avait la sensation d'avoir été délivrée d'un poids immense.

— Vous avez été honnête...

— Avec vous, oui.

— Avec May aussi ?

— Oui. Peut-être pas très romantique, mais honnête.

Il eut un léger sourire.

— Vous désirez toujours commencer votre vie amoureuse avec moi ? reprit-il brusquement.

Non, songea-t-elle, je veux la terminer avec vous. Mais comment le lui dire ? Philip n'était pas encore disposé à entendre ce genre d'aveu. Manifestement il semblait lutter contre les sentiments qu'il éprouvait pour elle, persuadé qu'ils ne s'entendraient pas... Du fond de son cœur, pourtant, Laura savait qu'ils étaient faits l'un pour l'autre.

— Oui.

— Je m'y refuse, Laura. Ce serait déraisonnable.

— Pourquoi ? Vous avez peur ?

— Ne plaisantez pas. Ce n'est pas un jeu, même si vous découvrez aussi ce côté-là de l'amour. Je ne m'y prêterai pas.

Ils arrivaient enfin à Pollensa et l'intense circulation qui encombrait l'entrée du village la dispensa de répondre. Cette trêve survenait à point, elle n'en pouvait plus. Quelle ironie ! songea-t-elle. Deux semaines auparavant, Philip tentait en vain de la convaincre de se donner à lui, et aujourd'hui c'était lui qui la repoussait !

Il gara la voiture à côté de la plage.

— Venez, allons admirer les vitrines...

Il lui prit la main. C'était leur premier contact depuis des jours. Un contact indiciblement doux... Elle referma ses doigts sur sa paume et marcha à ses côtés, heureuse et fière.

Ils s'arrêtèrent devant un bazar où étaient exposés des cartes postales, des bouées, des ballons de couleur vive. Philip adressa quelques mots à la boutiquière, une Espagnole bavarde et replète. Laura le buvait des yeux, fascinée.

— J'aimerais parler cette langue aussi bien que vous, soupira-t-elle.

— Ma grand-mère était espagnole. Nous habitions sous le même toit et nous parlions souvent ensemble dans cette langue...

Il s'immobilisa brusquement devant une bijouterie, attiré par une ravissante paire de boucles d'oreilles. Laura rougit. Pensait-il à elle ? Elle n'osa pas lui poser la question. Il entra dans le magasin sans dire un mot et en ressortit quelques minutes plus tard avec les boucles d'oreilles convoitées.

— Tenez...

Elle secoua la tête :

— Philip, puisque vous repoussez mon amour, je ne peux accepter vos cadeaux.

— Qui vous a dit que je refusais votre amour ?

Il glissa l'écrin dans son sac et la prit par le bras.

— Vous désirez visiter autre chose ?

— Non...

— Nous pourrions suivre la route du bord de mer, puis couper pour rentrer à Deyà.

— Très bien, répondit-elle distraitement.

— Philip, murmura-t-elle sans transition, si vous ne reniez pas mon amour, pourquoi me tenez-vous à distance ? Laissez-moi vous aimer jusqu'au bout. Je ne comprends pas votre attitude.

— N'y pensez plus. Peut-être n'y a-t-il rien à comprendre ? Peut-être ai-je trop de respect à votre égard pour vous prendre et disparaître de votre vie ? Vous n'êtes pas May et je n'ai pas envie d'avoir des remords toute mon existence. J'ai du plaisir à être auprès de vous et je vous désire autant qu'auparavant, sinon plus. Mais vous attendez trop de moi et je ne suis pas prêt à vous le donner...

Laura leva les yeux vers lui. Elle était bouleversée. Pour la première fois, même s'il y mettait beaucoup de réserves, Philip lui déclarait son amour.

Pendant le trajet du retour, la jeune femme s'endormit. Leurs conversations, le petit voyage, la joie de cette journée passée auprès de l'homme de sa vie après la tension de sa rupture avec Bill, avaient eu raison de sa résistance. Elle se réveilla lorsque la voiture s'arrêta devant son auberge. Sa tête reposait sur l'épaule de Philip.

— Laura ?

Elle battit des cils, les yeux brûlants de sommeil.

— Oui...

— Nous sommes arrivés. Venez chez moi

demain, le plus tôt possible, pour terminer mon manuscrit.

Impulsivement, elle se jeta à son cou pour l'embrasser. Il l'en empêcha d'un geste ferme.

— Pourquoi ? Juste une fois...

Le visage douloureux, il caressa tendrement l'ovale de son visage et, n'y tenant plus, lui prit les lèvres.

Ce fut comme un embrasement. Laura le retint contre elle en nouant ses bras autour de son cou. Il gémit et la repoussa doucement.

— Voilà pourquoi, souffla-t-il. Je ne veux pas que vous ayez le moindre regret. Je ne supporterai ni votre dégoût ni votre déception...

Il enfouit ses mains dans la lourde chevelure, redessina ses lèvres du bout de l'index. Ses yeux brûlaient d'un feu insoutenable. La fièvre du désir...

— Philip, emmenez-moi chez vous.

Il respira un grand coup comme pour faire appel à toute son énergie, déposa un léger baiser sur sa main et se pencha pour lui ouvrir la portière.

— Dehors. Ne jouez pas avec le feu... Ma résistance a des limites...

— Je ne vous comprends pas...

— Pas encore, mais ça viendra, vous verrez.

— Qu'est devenu le pirate que j'ai connu ?

Il rit doucement :

— Personne ne voudrait le croire, tant la situation est comique. Une pure et innocente jeune fille qui tente désespérément de séduire le bandit, le pirate dépravé tandis que ce dernier, obstinément, inlassablement, refuse de toutes ses forces ce don du ciel ! Bonne nuit, Laura.

— Bonne nuit.

Elle le quitta. Longtemps, elle resta immobile dans l'obscurité, à fixer les feux de la voiture qui s'éloignait dans la nuit...

Chapitre onze

Le lendemain, un sentiment de joie et d'intense excitation tira Laura de son sommeil. C'était comme une lumière douce et chaude qui éclairait sa vie entière. Elle avait envie de rire, de chanter, de danser.

Par moments, elle se rappelait que Philip ne lui avait encore jamais dit « je vous aime », mais elle repoussait aussitôt cette pensée. Au diable les doutes et les incertitudes! Il lui avait demandé de venir!

Son amour pour lui était irrévocable. Comment pouvait-il en douter?

Elle mit un soin extrême à sa toilette, ce matin-là. Après s'être baignée, lavé les cheveux, elle se parfuma et se maquilla légèrement. Elle choisit de revêtir pour l'occasion une jupe bleue et un sweater plus pâle en laine angora.

Quand Philip vint lui ouvrir, elle le détailla avec surprise. C'était la première fois qu'elle le voyait en costume. Dans la lumière du matin, il lui parut plus beau encore.

— Etes-vous bien réel ou seulement le fruit de mon imagination?

Comme pour s'assurer qu'elle ne rêvait pas, elle se jeta dans ses bras. Il la repoussa gentiment mais fermement. Laura recula, profondément blessée.

— Je vous en prie, gardez-moi contre vous ! Vous me fermez la porte du paradis quand vous m'interdisez vos bras.

— Vous séduiriez un saint...

Il lui sourit brièvement avant de redevenir sérieux :

— Laura, je dois me rendre à Palma pour affaires. Ne m'attendez pas. Je rentrerai tard. J'ai tout organisé pour votre travail. N'oubliez pas le feu, surtout. Les bûches sont dans le panier, à côté de la cheminée.

— Vous devez vraiment vous absenter ou est-ce pour m'éviter ?

— Peut-être un peu les deux.

Laura se mordit la lèvre. Comment le convaincre de son amour ?

— Philip, vous rendez-vous compte qu'il nous reste à peine une semaine à passer ensemble ?

— Je ne peux vraiment pas rester. Pardonnez-moi.

La main sur la poignée de la porte, il ajouta brusquement, l'air pensif :

— Si vous le voulez, vous pouvez aller travailler ailleurs.

— Je n'y tiens pas.

— Que diriez-vous de continuer vos études littéraires dans une autre ville ?

Laura était trop désemparée à l'idée de leur proche séparation pour réfléchir à sa proposition.

— Pourquoi pas...

— Nous en reparlerons. Venez ici.

Elle courut vers lui sans l'ombre d'une hésitation et se précipita dans ses bras. Philip la pressa tendrement contre lui et baisa ses cheveux.

— Je n'ai vraiment pas envie de te quitter, crois-moi, murmura-t-il à son oreille. Mais si je reste, tu ne termineras jamais la frappe de mon manuscrit. Tu ne commenceras même pas. Pas avec l'envie que j'ai de toi ce matin...

Il prit ses lèvres longuement, passionnément.

— Va vite travailler, ou mon éditeur ne recevra jamais ce maudit roman. Ne m'attends pas surtout. Je serai en retard.

Il ouvrit la porte et sortit sans un regard en arrière. Laura poussa un long soupir et doucement se dirigea vers son bureau.

Elle travailla tard, s'arrêtant de temps en temps pour remettre une bûche dans le feu ou pour se préparer un thé. Elle était heureuse d'être seule, livrée à elle-même dans la maison de Philip. Elle monta dans sa chambre. La vue de son lit défait, du bureau où il écrivait pendant qu'elle tapait à la machine, la bouleversa. Il avait négligemment jeté son jean sur le dossier d'une chaise. Elle ne put s'empêcher de le caresser, d'enfouir son visage dans le tee-shirt qu'il portait la veille pour s'imprégner de son odeur.

Puis elle redescendit pour terminer le manuscrit. Elle ne se pressa pas, espérant qu'il rentrerait plus tôt que prévu. Mais lorsqu'elle tapa le mot fin, il n'était toujours pas là. Elle assemblait tous les feuillets en une pile bien nette, quand son regard tomba sur un petit mot griffonné sur une carte de visite.

« A demain. Sache que je t'aime. Philip. »

Laura écarquilla les yeux. L'émotion lui coupa les jambes et elle se laissa tomber sur sa chaise. Le souffle lui manquait. Il l'aimait !

Elle lut et relut son message, n'osant y croire.

Si peu de mots pouvaient donc contenir une telle promesse de plénitude ?

Et, bientôt, elle pourrait les entendre de la bouche même de Philip. Le doute ne lui serait plus permis. Ses incertitudes s'envoleraient à jamais...

Rentrer sans l'avoir vu était au-dessus de ses forces. Elle décida de l'attendre ; pour tuer le temps, elle ranima le feu et nettoya la cuisine. En proie à une nervosité grandissante, elle erra de pièce en pièce comme une âme en peine. La fatigue finit par avoir raison d'elle et elle se réfugia dans la chambre à l'étage.

Le lit, les draps défaits, encore tout imprégnés de l'odeur de l'homme qu'elle aimait, l'attirèrent comme un aimant. Prise d'une brusque impulsion, elle se déshabilla.

Lorsque sa jupe et son sweater tombèrent à ses pieds, elle frissonna, mais sa décision était prise. Elle voulait lui appartenir, être sienne totalement, se donner à lui dès ce soir.

Elle s'allongea sur le lit, avide soudain de sentir les mains aimées sur sa peau nue, de lui rendre baiser pour baiser, caresse pour caresse. Elle l'entendait déjà lui murmurer des mots tendres à l'oreille.

Excitée et lasse, à la fois heureuse et pleine d'appréhension, Laura tira les couvertures jusqu'à son menton puis, les yeux grands ouverts dans le noir, attendit... longtemps... jusqu'à se laisser surprendre par le sommeil.

Elle devina plutôt qu'elle ne vit sa présence. Elle se réveilla instantanément, tous les sens en alerte. Philip était assis au bord du lit, dans l'obscurité. Il perçut sans doute son léger mouvement, l'accélération de son souffle, car il posa la main sur son épaule et l'effleura doucement.

— Laura...

Il alluma la lampe de chevet.

— J'aurais dû m'en douter.

Il sourit et la prit dans ses bras, toujours enveloppée dans ses couvertures. Elle se pressa contre sa poitrine, follement émue. Son parfum, sa chaleur lui communiquèrent une fièvre que le sommeil avait atténuée. Incapable de parler, elle resta ainsi un long moment, silencieuse. Philip la berçait avec une infinie tendresse.

Il s'écarta doucement et chercha son regard. L'échange fut intense, bouleversant. Puis, de nouveau, un sourire alluma des copeaux d'or dans ses yeux noirs. Il caressa ses épaules nues :

— Es-tu sûre de savoir ce que tu fais ?

Pourquoi cette question ? Laura le regardait éperdue d'amour :

— Je sais seulement que je t'aime.

Il hocha doucement la tête, la reprit dans ses bras et la serra à lui couper le souffle. Ses mains brûlantes sur sa peau satinée incendièrent ses sens. Elle frémit de plaisir et d'espoir :

— Je suis fou de toi.

Sa voix était une chaude caresse à son oreille. Ses mots, la mélodie la plus pure qu'elle ait jamais entendue.

Brusquement, il l'abandonna, l'obligea à se recouvrir et se mit à arpenter la chambre à grands pas, le front barré d'une ride profonde.

— Prends-moi, Philip. Je veux être ta femme, au moins une fois.

— Ainsi tu as trouvé mon message.

— Oui.

— Et tu as décidé de m'attendre.

Un tendre sourire flotta sur ses lèvres.

— Et maintenant ?

— Maintenant, je suis à toi. Fais de moi ce que tu veux. Je t'appartiens.

— Quelles qu'en soient les conséquences ?

Elle lui tendit la main. Il y déposa un baiser. Laura en profita pour l'attirer vers elle. Il ne résista pas et s'assit à ses côtés.

— Je t'aime et je te fais confiance.

Encore son merveilleux sourire qui montait jusqu'à ses yeux et y allumait mille paillettes. Les étincelles du bonheur, songea Laura.

Il l'embrassa doucement, tendrement.

— Je t'aime.

Ces mots fulgurèrent dans l'esprit de Laura, balayant tout. Le souvenir de leur guerre, les sarcasmes, les moments de jalousie, de doute... Il l'aimait et rien d'autre n'avait d'importance. C'était comme une averse d'été sur un sol desséché, brûlé par le soleil...

— Oh Laura ! Quel bonheur, enfin ! J'ai tant souffert à cause de toi. Le désir me torturait. Quand je te voyais au fond de l'amphithéâtre, si indifférente, ou ici, t'offrant à moi sans arrière-pensée, sans honte... Mais ce cadeau, le plus précieux du monde à mes yeux, je ne me sentais pas digne de le recevoir. Du moins, pas avant d'être sûr... Voilà pourquoi j'ai tant attendu pour t'avouer mon amour. Je voulais réfléchir, peser les chances de bonheur que je pouvais t'offrir. Je n'ai pas ton innocence, Laura...

Il effleura son front de ses lèvres :

— Mais avec toi, je connais enfin le vrai visage de l'amour. Dès que je t'ai rencontrée, j'ai deviné

que tu m'ouvrirais enfin les portes d'un sentiment profond et durable. J'en avais envie mais
j'en avais peur à la fois... Je voulais que tu sois
capable de te donner sans réserve, sans regret. Je
voulais que tu sois aussi sûre de ton amour que
je l'étais du mien. Je veux que nous marchions
ensemble, maintenant. Main dans la main. J'ai
envie de toi, mais je ne te prendrai pas sans ton
plein accord...

— Mais tu l'as, Philip !

Elle rit :

— Pourquoi hésites-tu encore ? Chercherais-
tu à me frustrer ?

A son tour, il sourit :

— Qui sait ? Tu commences à comprendre ce
que j'ai pu endurer pendant des semaines
entières...

Puis, brusquement sérieux :

— Je ne désire rien de plus au monde que ce
que tu vas m'offrir. Mais avant de dormir avec
toi, je veux que tu saches que c'est pour la vie...

— Oh Philip ! Je suis si heureuse... Mais cela
ne change rien à mon amour. Je suis à toi, de
toute façon. Tu peux faire de moi ce que tu veux.

— Je ne te quitterai pas...

Elle se blottit contre son épaule. Pouvait-on
être plus heureuse qu'elle l'était à cet instant
précis ?

— Philip... Et ton projet de départ pour Los
Angeles, que devient-il ?

— Cela dépend...

— De quoi ?

— De toi... Pourras-tu y poursuivre tes
études ? Il y a d'excellentes universités de lettres,
là-bas...

— Avec toi ?

— Tu as quelqu'un d'autre en tête ?

Elle frotta son nez contre son épaule.

— Laura, veux-tu m'épouser ?

Un cri de joie monta dans sa gorge. Elle se dégagea légèrement pour le regarder. Ses yeux brillaient de larmes...

— Tu m'avais dit que tu...

— Eh bien ! j'ai changé. Tu m'as rendu jaloux, possessif... D'ailleurs, le mariage n'est-il pas la plus vieille, la meilleure preuve d'amour ?

Elle lui offrit ses lèvres. Sa voix n'était plus qu'un souffle. Son corps tout entier frémissait de désir et de joie.

— Encore une fois, Philip, fais de moi ce que tu veux...

— Alors sois mienne. Notre mariage sera notre plus beau roman.

Elle ouvrit la bouche pour ajouter quelque chose, mais Philip ne lui en laissa pas le temps. Il prit ses lèvres en un baiser ardent et passionné, un baiser qui n'en finissait plus.

Ce livre de la *Série Romance* vous a plu. Découvrez les autres séries Duo qui vous enchanteront.

Désir, la série haute passion, vous propose l'histoire d'une rencontre extraordinaire entre deux êtres brûlants d'amour et de sensualité.
Désir vous fait vivre l'inoubliable.

Série Désir : 6 nouveaux titres par mois.

Harmonie vous entraîne dans les tourbillons d'une aventure pleine de péripéties.
Harmonie, ce sont 224 pages de surprises et d'amour, pour faire durer votre plaisir.

Série Harmonie : 4 nouveaux titres par mois.

Amour vous raconte le destin de couples exceptionnels, unis par un amour profond et déchirés par de soudaines tempêtes.
Amour vous passionnera, *Amour* vous étonnera.

Série Amour : 4 nouveaux titres par mois.

Série Romance : 6 nouveaux titres par mois.

Série Romance

225   **FRAN WILSON**
Après tant de mensonges

Diriger une galerie d'art à Santa Fe !
Pour la jolie Lara, que son fiancé a lâchement
abandonnée, l'occasion est inespérée !
Son travail la séduit ; Gary, son nouveau patron,
la fascine... Cédera-t-elle à l'attirance qui la pousse
vers lui au risque de souffrir à nouveau ?

226   **BRITTANY YOUNG**
Sur le volcan

A l'ombre des volcans du Salvador, Alisa Kendall,
l'intrépide journaliste, et Caesare de Alvaro,
le riche propriétaire terrien, jouent un jeu
dangereux. Très attirés l'un par l'autre, mais trop
orgueilleux pour le reconnaître, ils refusent
de laisser parler leur cœur...

DIANA MORGAN
Fantasque Esmeralda

227

Pour se venger d'avoir été injustement licenciée
de Fenton International Industries, Emily,
l'informaticienne, invente de toutes pièces un
programme qui sème la panique dans l'entreprise.
Appelé à la rescousse pour réparer l'ordinateur,
Spencer McIntyre demande à Emily de l'aider
dans sa tâche...

228

DOROTHY VERNON
Une lueur dans la nuit

Dans un cottage isolé au fond du Yorkshire,
Olivia Seymour se retrouve nez à nez avec Cliff
Heath, l'infernal gamin qui autrefois s'amusait
à la terroriser. Aujourd'hui, c'est un homme
au regard bleu sombre et au charme insidieux
auquel Olivia ne reste pas insensible.

230

ELIZABETH HUNTER
Grâce à une mélodie

Katy a tout sacrifié à sa carrière de cantatrice.
Le jour où David Lloyd, le compositeur bien connu,
lui propose d'interpréter une de ses cantates,
elle est folle de joie, d'autant que David semble
la trouver fort à son goût et qu'il ne lui déplaît pas.
Très vite, hélas! elle découvre qu'il n'est pas libre...

Achevé d'imprimer sur les presses de l'Imprimerie Bussière
à Saint-Amand-Montrond (Cher)
le 23 novembre 1984. ISBN : 2-277-80229-8. ISSN : 0290-5272
N° 2364. Dépôt légal novembre 1984. Imprimé en France

Collections Duo
27, rue Cassette   75006 Paris
diffusion France et étranger : Flammarion